One Story Restaurant

【Chaleur】

Miyuki Taya 田家みゆき

文芸社

目次

One Story Restaurant

Opening

西の山々に夕日が沈み、空は茜色《あかね》から淡い紺色へと美しいコントラストを描きました。十八時二十五分。表通りは、買い物帰りの主婦の方や塾帰りの学生さん、仕事帰りの会社員の方たちが、それぞれ帰路に就く足音で賑《にぎ》わいはじめます。

表通りに立ち並ぶ建物と建物の間に見える、小さな灯《あか》りに向かって路地裏に入ると、見えてくるのは大きな磨硝子《すりがらす》でできた楕円形《だえんけい》の窓が美しい、アンティーク調の木の扉。

その扉は週に一度、土曜日の夜にだけ開かれます。

窓からもれる温かいオレンジ色の灯りが、一週間の疲れを癒《いや》すように優しくあなたを迎え入れます。

午後六時半、私は立て看板を外に出し、扉の横に立てます。看板には流れるような美しい筆記体で書かれた『Chaleur』の文字。シャルールと読みます。シャルールとは、フランス語で「ぬくもり」を意味します。足を運んでくださったお客様の心に、そっと寄り添えるようにという願いをこめて、この名前をお店につけました。

それから私は、扉にかかっている『Close』の札を裏返し、『Open』にします。
レストラン　シャルール、開店です。

ご挨拶《あいさつ》が遅れました、私は岡崎芳幸《おかざきよしゆき》と申します。このレストランの支配人をしております。支配人といっても、従業員は私を含め三名しかおりませんので、メートル・ドテル（簡単に言えば、接客係ですね）も兼任しています。

僭越《せんえつ》ながら、レストランサービス技能士の資格の他、ソムリエと、バリスタの資格も取得しておりますので、お客様からご注文いただいた料理に合うワインをお勧めしたり、食後にブレンドした珈琲《コーヒー》豆を挽き、美味しい珈琲をお客様に提供するのも私の仕事なのです。

そして、厨房《ちゅうぼう》で心に染《し》みる料理を毎週作ってくれるのは、料理長の城田《しろた》さん。料理のことになると、自分にも人にも厳しいですが、普段は陽気でとても明るい方です。

彼とは、国際ホテル・レストラン専門学校で出会い、三十七年の付き合いになるでしょうか。城田さんは私の一年先輩で、私が入学したころにはもう数々の国際調理コンクールで優勝しており、学校では有名人になっていました。卒業後はそのままフランスへ修業に行き、本場のフランス料理を学び、よりいっそう腕に磨《みが》きをかけました。

一年後、私もワインと珈琲の勉強をするためフランスに渡り、偶然にもそこで再会を果たしました。それから五年経《た》ち、私たちは共に帰国し、ここにシャルールをオープンさせたのです。それから、彼の横で食材のチェックをしている、背が高くて若い青年は高橋《たかはし》くんです。彼は二年ほど前に初めてシャルールを訪れ、城田さんの料理に感銘を受け、弟子《でし》にしてくれと頼み込んできたのです。城田さんは弟子を取らない人だったのですが、首を縦に振ってくれるまで帰らないという高橋くんの熱意に負け、高橋くんはここで見習いとして働くことになりました。

とても元気な好青年で、城田さん曰《いわ》く、見た目こそ今どきの若者ですが、なかなか骨があって、筋《すじ》がいいのだそうです（調子に乗るから本人には言うなと口止めされているのですが）。最近はメイン料理を一品任せてもらえるようになったみたいで、いつも以上に張りきっているようです。

私がまだ二十五歳のときに開いたこのレストランも、早いもので今年でもう三十年が経ちました。

たくさんの季節と、時代が移り変わっていく中で、表通りの建物はだんだんと姿を変えていきましたが、シャルールは何も変わらず三十年間ひっそりとこの裏路地に姿を残し続けました。

それもすべてオレンジ色の光に導かれ、ここに足を運んでくださったお客様のおかげでございます。三十年の間で、初めてのお客様から常連の方まで、たくさんの人々がこの扉を開きました。そして、その数と同じだけの物語がこの場所で生まれたのです。

誕生日や記念日をお祝いする特別なお食事だけではなく、何気ないディナーの中にも、その人たちだけの物語があるのです。私はそのすべての物語をこの場所で見てきました。そして微力ではありますが、サービスやお料理でお客様の会話に華を添えるお手伝いをしたり、お食事の演出をサポートすることもありました。時に温かなスープは、冷えきった心に染み渡り、優しい気持ちを思い出させ、時に思い出のワインは、噤《つぐ》んでいた口を緩《ゆる》ませ、素直な言葉を思わずこぼしてしまう。それはまるで奇跡のような、そして魔法のような特別な時間。

これは小さな街の片隅で、土曜日の夜にだけ訪れる、誰も知らないたった一晩の奇跡のお話です。

ほら、もうドアの向こうからその足音が聞こえてきました。

本日一組目のお客様がいらっしゃったようです。

花嫁と父

カランコロン……

ドアについている小さなベルが嬉しそうに声を上げました。扉を開けたのは、スーツを着た五十代前半のサラリーマンの男性。その奥には、控《ひか》えめな色のワンピースを着た若くて美しい女性が少し距離を置くように立っていました。

「いらっしゃいませ」

私がお辞儀《じぎ》をして顔を上げると、男性は一歩中に入り、はにかむように笑って言いました。

「こんばんは」

いつもと同じぎこちない笑顔に、私も微笑《ほほえ》みを返します。

「お久しぶりですね、田嶋《たじま》様。今日はお二人ですか?」

彼は田嶋総一郎《そういちろう》さん。昔からの常連さんです。いつも何か考え事をしているような、難しい表情をしているのですが、本当はとても優しい方です。ただ少しシャイなので、笑おうとするといつもはにかんでしまうみたいです。

「ええ、娘と」

総一郎さんは頷《うなず》いて、後ろに立っていた女性を紹介するように左手を向けました。

女性はゆっくりと店の中に足を踏み入れ、小さく頭を下げました。真っ白な肌に黒のストレートヘアがよく映え、その大人びた姿に私は驚きました。

「美咲《みさき》さんでしたか。あまりにもお美しくなられていたので気がつきませんでした」

美咲さんは頬《ほお》を染めて首を横に振り、「お久しぶりです」と笑いました。笑ったときに見える上の八重歯《やえば》が、まだ小さなころの彼女の面影を思い出させます。

彼女と最後に会ったのは十年ほど前だったでしょうか。そのころは、よく笑う元気な女の子だったのに、今は淑《しと》やかな大人の女性へと変貌《へんぼう》を遂《と》げていました。時の流れる速さと共に、同じだけ年を重ねた自分の老いを感じてしまいます。

まだ美咲さんが子供のころは、よく奥さまと三人でシャルールにいらっしゃって、いつも同じ席に座り仲睦《なかむつ》まじくお食事していたのを覚えています。美咲さんの大きな笑い声がいつも店に響いていて、奥さまはそれを恥ずかしそうに注意するのですが、総一郎さんは困った顔をしながらも愛《いと》おしそうな目でいつも娘さんを見ていました。その光景が、傍《はた》から見ていても微笑ましかったものです。美咲さんは元気すぎて、時々厨房にまで遊びに来てしまうので城田さんはよく困っていましたが。

美咲さんが中学生になったころから、だんだんと足を運んでくださる回数は減りましたが、総一郎さんは奥さまと二人でしばしばシャルールに訪れてくれました。

「こちらへどうぞ」

私はいつも三人がお食事をしていた、窓際の一番端のテーブル席にご案内しました。壁際のほうの椅子に総一郎さんが腰掛け、対角の椅子を私はそっと引き、美咲さんがゆっくりと腰を下ろしました。

「こちら、メニューでございます」

二人にメニューを開いて渡し、「お決まりになりましたらお呼びください」と一礼をして私がカウンターに戻ると、カウンターの奥にある厨房とホールを繋《つな》ぐ窓から城田さんが顔を出して、こちらを手招きしていました。

私が近づくと、城田さんはにやにやした顔で奥の席を覗《のぞ》き込むように見て言いました。

「岡ちゃん、あれ田嶋さんだろ?」

城田さんは昔から、私のことを岡ちゃんと呼びます。

「ええ」

私が頷くと、城田さんはさらに身を乗り出して目を細めました。

「向かいのべっぴんさんは誰だ?　奥さんじゃないよな」

やはり城田さんも気づいていないようです。興味津々《しんしん》の城田さんが可笑《おか》しくて、私は笑ってしまいました。

「美咲さんですよ。覚えていませんか？」

「美咲？　あの昔一緒によく来てた小さい女の子か？」

城田さんは古い記憶の引き出しの中から美咲さんの名を見つけると、そこにいた幼い少女からは想像もつかなかった今の彼女の姿に目を丸くしました。先ほどまでの私とまったく同じ気持ちなのでしょう。

「はい。大きくなられましたよね」

「はぁー、店中走り回ってたあのじゃじゃ馬娘が、あんなに美人になるとはねぇ」

頬杖《ほおづえ》をつきながら、城田さんが深く感嘆のため息を漏らしました。

「美人？　どこっすか？」

私たちの会話を聞きつけた高橋くんが、いきなり城田さんの後ろからひょこっと顔を出しました。すると城田さんはすばやく振り返り、高橋くんの頭を軽く（手振りはとても大きいのですが）叩きました。

「お前は下ごしらえしてろ！」

「うぃーす」

高橋くんが口を尖《とが》らせて、頭をさすり渋々返事をします。

「返事は『はい』だ！　ばかたれ！」

「はーい」

「あとソースカクテル用意しとけ」

「へ？　まだオーダー入ってないっすよ？」

不思議そうな顔で高橋くんがこちらを振り返りました。

「いいから作っとけ」

城田さんは振り向くことなく答えます。

「へーい」

「返事！」

「はーい」

そう言うと、高橋くんは奥へ行ってソースの準備を始めました。城田さんは再び頬杖を突いて、田嶋さんたちを優しい表情で眺めます。

「オーダー聞かなくてもメニューはわかるからな」

そう、田嶋さん一家が頼むメニューは、昔からいつも決まっているのです。

「そうですね」

私も笑って答えました。

「すみません」

話しているそばから、奥の席で総一郎さんがこちらを見て小さく手を挙げました。

「はい」

田嶋さんの席の前まで向かいます。

「お決まりでしょうか」

総一郎さんが一つ一つメニューを指差しながら、ゆっくりと読み上げました。

「前菜の白身魚と野菜のテリーヌを二つと、オニオングラタンスープを二つ、牛肉の赤ワイン煮込みブルゴーニュ風を二つ、お願いします」

「かしこまりました。お飲み物はいかがいたしますか？　いつもの赤ワイン、マルサネもご用意しておりますが」

マルサネというのは、フランスのブルゴーニュ地域圏にあるコート・ドール地区の北半分に位置する、コート・ド・ニュイ地区のマルサネ・ラ・コート村で造られたワインです。赤ワイン、白ワイン、ロゼワインの三種類が造られているのですが、その中の赤ワインは果実の香りのするコクのあるワインで、赤身肉との相性が良いのです。同じブルゴーニュ地方の代表的な肉料理、牛肉の赤ワイン煮込みと合うと思い、私が最初にお勧めして以来、総一郎さんはいつもこのマルサネの赤を一緒に注文してくださるのですが……

「いえ、今日は結構です。あと、食後にクレームブリュレを二つお願いします」

「かしこまりました」

軽く会釈《えしゃく》をしてカウンターに戻りました。するとそこに待ち構えていた城田さんが顔を出して私に聞いてきます。

「テリーヌか？」

「はい」

私が答えると、予想通りという表情で城田さんは腕を組みました。

「やっぱりな」

「でも、今日は赤ワインのご注文はなかったです」

私は注文された料理の伝票を、厨房の掲示板に留めます。

「お、珍しいな」

その伝票を城田さんが眺めながら呟《つぶや》きました。私は水の入ったピッチャーを手に取り、トーションで周りについた水滴をきれいに拭《ふ》き、もう一度田嶋さんの席へと向かいます。

「お水、お注ぎいたします」

私は美咲さんの右側に立ち、ゴブレットにゆっくりと水を注いでいきます。

「今日は奥さまはご一緒ではないのですね」

最後の一滴がテーブルの上に垂れないよう、トーションでピッチャーの口をすばやく拭き、私は尋ねました。総一郎さんが、眉間《みけん》にしわを寄せて（多分、怒っているわけではないのですが）答えてくれました。

「風邪《かぜ》をこじらせましてね。本当は三人で来るつもりだったんですけど」

「そうなんですか。奥さま、お体の具合は大丈夫ですか？」

私は総一郎さんの右側へ回り、ゴブレットに水を注ぎます。

「ええ、本人は大したことないと言って……二人で食事するのも最後になるかもしれないから、行ってきてと言われましてね」

「それは……どういうことでしょうか？」

ピッチャーの口を押さえながら、総一郎さんの言葉の意味がわからず、聞いていいものか少し考えたあと、やはり気になって思わず聞いてしまいました。すると、向かいで美咲さんが照れたように笑い、私を見て言いました。

「私、結婚するんです」

美咲さんの思いがけない報告に、私はとても驚きました。

「それは、それは！　誠におめでとうございます」

私は心をこめて深くお辞儀をしました。

「ありがとうございます」

美咲さんは八重歯を見せて嬉しそうに笑いました。私はテーブルの正面に移動して、美咲さんに尋ねました。

「式のお日にちは決まっているのですか？」

「はい、明日です。その前に、もう一度ここでどうしてもあの味を食べたくて」

なんと嬉しいことを言ってくださるのでしょう。十年経った今でも、まだここの味を思い出して、また食べたいと思ってもらえるなんて、レストランにとってこんなに嬉しいことはありません。

「ありがとうございます。ではお祝いの気持ちもこめて、シェフにはいつも以上に美味しい料理を作ってもらいましょう」

私は、カウンターの窓からまだこちらの様子を窺《うかが》っている城田さんのほうに顔を向けました。美咲さんも振り返り、城田さんを見ます。いきなり視線を向けられた城田さんは、驚いたように一度周りを見て、その視線を集めているのが自分だということに気がつきました。そんな城田さんを見て美咲さんは笑いながら、小さくお辞儀をしました。城田さんは、何を話しているのかわからない様子でしたが、会釈を返します。

私と美咲さんは目を合わせて笑いました。

「どうぞ、この特別な夜をごゆっくり楽しんでいってください」

私がまたカウンターに戻ると、城田さんは眉《まゆ》を顰《ひそ》めて私に言います。

「なんだよ、こっち見てにやにやして」

「いえいえ、今日はお二人にとって特別な日になりそうでしたので、シェフに頑張っていただこうと思いまして」

「特別な日？」

城田さんが聞き返します。

「美咲さん、明日ご結婚されるそうです」

「結婚⁉　もうそんな年になったのか……あっという間だなぁ」

城田さんはしみじみと言いました。

「本当ですね」

私たちの頭の中で子供のまま止まっていた美咲さんから、大人になって結婚の報告をされるなんて、なんだか不思議な気持ちです。上手《うま》く言えませんが、美咲さんがタイムマシンに乗ってタイムスリップしてきたような、そんな感じです。

「田嶋さんも寂しいだろうなぁ、一人娘が嫁に行くんだから。俺だったら考えられねえ」

城田さんは結婚していて、総一郎さんと同じように今年で確か八歳になる娘さんが一人います。若いころに結婚したのですが、城田さんはご多忙で、土曜日以外の日は大きなホテルの中にあるフレンチレストランの料理長として働いていますので、娘さんが生まれたのはだいぶ後になってからでした。そのせいもあったのでしょうか、厨房では鬼のような城田さんも、娘さんの前ではとても甘く、彼女を溺愛《できあい》しているのです。だからきっと、今の総一郎さんの気持ちが痛いほどわかるのでしょう。

「やはり、父親とはそういうものなのですね」

私は結婚をしていないので想像できませんが、城田さんの娘さんが大きくなって、結婚すると言いだすところを考えると、泣きじゃくる城田さんが目に浮かびます。

「高橋！」

城田さんが鬼に戻り厨房の奥に叫びました。

「はい！　できました！」

緊張感のある大きな声で、高橋くんがテリーヌを二皿持ってきて、窓から出します。

「ありがとうございます」

私はそれを受け取り、右手に二皿持ちました。

「俺にも娘さんくらい優しくしてほしいっすよ」

高橋くんが城田さんには聞こえないように小さな声で言いました。私から見れば、高橋くんも十分、城田さんに可愛《かわい》がられていると思うのですが、愛情の受け取り方は人それぞれですので、高橋くんにはまだわからないのかもしれません。

私は苦笑いを返して、奥の席に向かいました。

「お待たせいたしました。前菜の白身魚と野菜のテリーヌ・カクテルソース添えでございます」

美咲さんの右側から、そっと音を立てないようにテリーヌをテーブルの上に置きます。

「わぁ、きれい」

赤と白と緑の層になった鮮やかなテリーヌに、美咲さんの目が奪われます。私は回って総一郎さんの前にもお皿を置きました。

「ああ」

総一郎さんもまた、はにかんだ顔で頷きました。

私はカウンターの中から二人の様子を窺っていました。しかし、それ以降二人の会話は途絶えてしまいました。

なんとなくぎこちない空気の流れる中で、二人は目を合わすこともなく黙々とテリーヌを食べていました。昔の笑顔と笑い声の絶えない美咲さんが嘘のようです。総一郎さんの眉間にも、またしわが寄ってしまっていました。もしここに奥さまがいらしたら、また雰囲気が変わっていたかもしれませんが……

総一郎さんは昔からあまり話す方ではなかったので、奥さまとお二人でいらっしゃるときも、いつも奥さまがお話をされて、その話に〝ああ〟とか、〝そうだね〟と相槌《あいづち》を入れるばかりでした。奥さまはとても明るい方で、そんな総一郎さんのことを笑って、私に言いました。

「こんなに無口なのに、この人、昔は教師をしていたのよ。可笑しいでしょ？」

そう言われて、総一郎さんは恥ずかしそうに下を向きながら、料理を食べ続けるのです。

その話を聞いて、私は確かに意外だと思いました。私が田嶋さん一家と出会ったときには、もう総一郎さんは今の会社員のお仕事をしていましたので、教師姿の総一郎さんが想像できませんでした。しかし、思い返してみれば、メニューを指差して読み上げたり、聞き取りやすいゆっくりとした話し方も、教師時代の名残《なごり》なのかもしれません。

そんな総一郎さんの性格を、きっと美咲さんもわかっていらっしゃるのではないかと思うのですが、美咲さんも年頃の女性ですから、きっと父親との距離感が上手くつかめない部分もあるのでしょう。

私はとりあえず、二人の成り行きを静かに見守ることにしました。

時間が経つにつれ、一組、また一組と客足は増え、気がつけばテーブル席の半分以上が埋まっていました。

「そろそろテリーヌがなくなったか？」

注文が増え、慌しくなった厨房から、城田さんが顔を出しました。

「ええ」

ちょうど私も、次のスープをお願いしようとカウンターに戻ってきたところでした。さすが城田さん、お客様の食事のペースをちゃんと見ていて、次の料理を出すタイミングをいつも頭で計算しているのです。

「なんだよ、あの二人全然会話してないじゃねえか」

城田さんが静まり返った奥の席に目を向けて、ため息をつきます。

「田嶋さん、昔から無口な人ですからね」

「最後だってのに、しょうがねぇな。岡ちゃん、何か発破《はっぱ》かけてこいよ、ほら、オニオングラタンスープ」

城田さんが窓から、無茶な要望と共にオーブンから出たばかりの湯気の上がる熱々のオニオングラタンスープを出しました。茶色くなるまで炒めた玉ねぎと、焦げ目《こめ》のついたグリュイエールチーズの匂いが厨房から客席へ広がります。

発破と言われても、何から切り出したらいいのでしょうか。考えながらも、私はスープをお二人の席まで運びました。

「オニオングラタンスープでございます。空《あ》いているお皿、お下げいたしますね」

「いい匂い」

目の前に置かれたスープの香りで美咲さんに笑顔が戻り、その姿を見て私は思い出しました。

「美咲さん、子供のころからこのスープお好きでしたよね。よくこぼして、奥さまに叱《しか》られているところを覚えています」

美咲さんは恥ずかしそうに肩をすぼめて、私を見て言います。

「今はもう、こぼしませんよ」

その可愛らしい姿に、総一郎さんもつられて表情が緩みました。なんだかいい流れになってきたような気がします。

「総一郎さんも、奥さまとお二人でいらっしゃると、スープを飲みながらよく美咲さんの話をなさっていますよね」

会話のきっかけになればと思い、私はさらに付け加えました。

「私の？」

美咲さんは驚いたように総一郎さんの顔を見ました。

「岡崎さん」

いきなり自分のことに触れられ動揺した総一郎さんが、〝それ以上は言わないでください〟

というように、私の名を呼びます。

「失礼いたしました。少し話しすぎましたでしょうか」

私は頭を下げ、その場を立ち去りました。今の言葉で二人がコミュニケーションを取れること
を願って、私は他の席へ空いている器《うつわ》を下げに向かいます。

しばらく二人は、黙ったままスープを飲んでいましたが、先ほど私が残した言葉がやはり効
いていたようでした。

「何話してたの？　お母さんと」

先に沈黙を破ったのは、美咲さんでした。

「いや、別に……」

急に話しかけられて驚いたのか、総一郎さんは言葉を詰まらせました。

「何よ、何で隠すの？」

「大した話じゃないよ」

美咲さんが総一郎さんの顔を覗き込みます。総一郎さんは恥ずかしいのか、そのことを語ろうとはしませんでした。

「あ、さては悪口言ってたんでしょう」

なかなか口を割らない総一郎さんに、美咲さんは口を尖らせて、冗談っぽく言いました。

「違うよ」

「いいよ隠さなくても。どうせ出来の悪い娘だとか話してたんでしょ？」

美咲さんの言葉を本気で受け取ったように、総一郎さんは顔を上げて否定しましたが、そんな総一郎さんに美咲さんはまったく気がついていませんでした。

「そんな話、してないって」

言葉の見つからない総一郎さんは、本当に困っているようでした。そしてまた会話が途切れ、沈黙の時間に戻ってしまいました。あまりよくないことに、先ほどまでのぎこちない沈黙ではなく、雰囲気の悪い沈黙です。

「逆効果でしたかね……」

カウンターに戻った私は、様子を見ていた城田さんに言いました。すると城田さんは、気合を入れるように腕まくりをしました。

「しょうがねぇな。俺がとびっきりのメインを作って流れを変えてやるか」

「お願いします」

頼もしいその言葉に、私も最後の望みをかけます。


たくさんの人たちの話し声で店内は賑わっていましたが、奥の席だけは静まり返り、空間を切り取ったかのように別世界でした。

私はまた、いつかお会計のときに奥さまが言っていたことを思い出していました。

「ごめんなさいね、無愛想な人で。いつもあんな顔してるけど、本当はとても優しいのよ？」

「わかっていますよ」と私が言うと、奥さまは嬉しそうに笑っていました。

「ただね、不器用で、素直じゃないのよ。本当の気持ちはなかなか話してくれないの。そういうところ、娘もあの人にそっくりでね。まったく、二人とも素直じゃないから困ったものだわ」

そう話した奥さまの言葉が、今少し理解できたような気がします。

どうして人はたくさんの言葉を持っているのに、こんなにも自分の気持ちを伝えるのがへたな生き物なのでしょう。思っていることや考えていることは、どんなに温かくて素敵なことでも目には見えないのだから、自分の口で言葉にしないと伝わらないというのに。またそんな相手の気持ちを心の中ではわかっていても、素直にならなければ理解し合うこともできないのに。

私は知っています。総一郎さんがどれだけ美咲さんのことを大切に思っているのかを。

総一郎さんがいつもあの窓側の奥の席を希望していたのは、まだ小さな美咲さんが他のお客様に迷惑をかけないように配慮しつつ、窓の外が見たいという美咲さんの願いを叶えた、総一郎さんの思いが詰まった特等席なのです。

それに奥さまと二人で来店されたときに、無口な総一郎さんが唯一自分から話す話題は、美咲さんのことだけでした。進学や受験、就職のことを心配していたり、自分がいないときの美咲さんの様子を奥さまから聞いていたり。そんな素敵な父親の姿を、私から美咲さんに伝えることは簡単ですが、それでは意味がないと思うのです。それに、私が伝えなくとも、美咲さんはもう知っているのではないかと思います。

素直になれない親子の仲を繋ぐために、私たちができるのはもうこんなことしかありません。

「岡ちゃん、頼む」

城田さんがいつになく真剣な表情で、窓から最終兵器を出しました。

「はい」

私はしっかりと頷き、それを戦場へと送り出しました。

「お待たせいたしました。牛肉の赤ワイン煮込みブルゴーニュ風でございます」

暗い表情の二人の前に、私は堂々とメイン料理をお出ししました。牛肉を漬け込んでいた赤ワインに加えたハーブの香りがテーブルに広がります。

「ごゆっくりどうぞ」

今度は余計なことは一切言わず、私はそのままカウンターへ戻りました。

残された二人は、それぞれ何も言わずナイフとフォークを手に持ち、切るまでもなくほぐれる柔らかな牛肉をフォークにのせ、ゆっくりと口へ運びました。

その瞬間、二人の雰囲気の悪い沈黙は、まるで凍りついた国に春が来たかのように打ち破られました。

「……おいしい」

美咲さんが思わず声を漏らしました。

「……うん」

総一郎さんも、自然と頷きました。

美咲さんの手が止まり、口に含んだ一口をなくなるまでしっかりと味わい、何かを思い出すかのように目を閉じました。

「懐かしい、この味……」

目を閉じた美咲さんの顔に、子供のころと変わらない微笑みが戻りました。

「そうだな」

いつの間にか総一郎さんの眉間のしわもなくなり、いつものはにかんだ笑顔ではなく、小さな娘を愛しそうに見守っていたあのころの優しい表情をしていました。

「……思い出すな。よく三人でここに来ていたころのこと」

総一郎さんの頭の中にも、当時の記憶が蘇《よみがえ》ってきたようです。

「うん」

頷いた美咲さんが、ゆっくり目を開いて、その眼差《まなざ》しを総一郎さんに向けました。

「覚えてる？　私の運動会の後に、ここに夕食を食べに来たときのこと」

総一郎さんも、美咲さんを見つめ返します。

「ああ、たしかお前がリレーで一位を取ったときだろ」

「うん、今日はお祝いだって言って。最終的に私の白組は負けちゃったのにね」

「そうだったか？」

総一郎さんはその日のことを思い返すように首を傾けました。美咲さんはようやく二口目を運び、少し俯《うつむ》いて続けました。

「……あの日ね、朝から私、お母さんにわがまま言ってたの。友達の家はお母さんもお父さんも、おばあちゃんもおじいちゃんもみんなで見に来てくれるのに、どうして家はお母さんだけなの？　って。お父さん仕事あるから来られないってわかってたのに……」

美咲さんが顔を上げました。

「でもお父さん、お昼に来てくれたよね。仕事抜け出して」

「雨降っちゃったけどな」

「そう、それで運動会一時中止になって、三人で体育館でお弁当食べたの。私がお仕事いいの？　って聞いたら、目を泳がせながら、うん、大丈夫だよって言って。本当は忙しかったんでしょ？」

美咲さんは笑って聞きました。総一郎さんは黙ったまま、恥ずかしそうに料理を口へ運びます。

「だからね、雨が上がって運動会が再開になったとき、絶対リレーで一位取ろうって決めたの。せっかくお父さんが来てくれたからいいとこ見せなきゃと思って。リレーが終わったらまたすぐ仕事に戻っちゃったけど」

「……ごめん」

謝る総一郎さんに、美咲さんは首を横に振りました。そして照れているのを隠すように自分の料理を見つめながら言いました。

「……あのとき、リレーで一位とったことよりも、無理してまでお父さんが見に来てくれたことのほうが嬉しかったんだ」

そのまま美咲さんは、照れた口元を見せないようにお肉を口に入れます。そんな美咲さんの言葉に、総一郎さんもいつになく嬉しそうでしたが、何と返したらいいのかわからないというように、総一郎さんも同じようにお肉を食べて誤魔化《ごまか》しました。

二人の間に流れる空気が、城田さんの最終兵器によって少しずついい方向へと変わりはじめていました。

すると、総一郎さんがナイフとフォークを皿の縁《ふち》に掛け、前屈《まえかが》みになって椅子の横に置いていた紙袋の中から何かをごそごそと探しはじめました。

「これ」

紙袋から細長い木箱を大事そうに取り出すと、テーブルの上に置きました。

「何？」

目の前に出されたその箱を、美咲さんが不思議そうに見つめます。

「……ちょっと早いけど、結婚祝いだ」

照れくさそうに頭を掻《か》き、総一郎さんは言いました。

「うそ……ありがとう」

父親からのプレゼントに美咲さんは少し驚いていました。

「開けていいの？」

「ああ」

美咲さんがゆっくりと木箱の蓋《ふた》を開けると、中から出てきたのは深い緑色をした一本のボトルでした。美咲さんはボトルを手に取り、銀の縁で囲まれた茶色のラベルに書かれている文字を見ました。

「シャンパン？　アイアン・ホース……」

「飲まないか？」

そのシャンパンを初めて目にした様子の美咲さんを見て、総一郎さんは言いました。

「うん」

美咲さんも頷き、総一郎さんは右手を挙げながら私のほうを見ました。

「すみません」

私はすぐに奥のテーブルへと向かいます。

「はい」

二人の前に到着した私に、総一郎さんが尋ねました。

「ここ、ワインの持ち込み、大丈夫でしたよね」

「ええ」

総一郎さんは安心したように、シャンパンを私に差し出して言いました。

「抜栓料《ばっせんりょう》は払うので、このシャンパンを開けてもらってもいいですか」

「かしこまりました。冷やして参ります」

「お願いします」

私は総一郎さんからシャンパンを受け取り、一度カウンターへ戻って、氷水の入ったシャンパン用クーラーに入れました。

本当のことを言えば、シャンパンは魚料理のほうが合うのですが、私は料理に合うとか合わないということよりも、お客様が食べたいものを食べ、飲みたいものを飲んでいただくのが一番だと思うのです（こんなことを言っては、ソムリエとしては良くないのかもしれませんが）。シャルールがワインの持ち込みを承認しているのも、同じ理由です。

総一郎さんが贈ったこのアイアン・ホース　ウエディング・キュヴェは、淡いピンク色が美しい、エレガントでクリーミーな味わいのシャンパンです。そして何より、このウエディング・キュヴェは、アイアン・ホースワイナリー当主の愛娘《まなむすめ》の結婚を記念して造られたキュヴェで、まさに美咲さんに贈るのに相応《ふさわ》しいワインだと思います。

私は二人分のシャンパングラスと、シャンパン用クーラーを大切に一番奥の席へ持って行きました。

クーラーからボトルを取り出し、総一郎さんにラベルを見せて間違いがないか確認してもらいます。しっかりと頷いた総一郎さんを見て、私はボトルをクーラーに戻しました。左のポケットからソムリエナイフを取り出しフォイルと針金を取り除きます。そしてトーションをかぶせ、破裂音を立てないようにコルクを抜きました。

私はボトルの口をグラスに近づけ、グラスにシャンパンを注ぎました。薄桃色のシャンパンがパチパチと音を立て、まるで拍手《はくしゅ》をするように弾けながらグラスに流れ込みます。

「ありがとう」

総一郎さんは私を見上げ、優しい目をして言いました。その言葉の中には、いろいろな意味が込められているかのように私には聞こえました。

「いいえ」

私は小さく首を横に振り答えます。そしていい流れを壊さぬよう、そっとその場を後にしました。

総一郎さんはグラスを手に持ち、美咲さんに向かって掲《かか》げました。

「おめでとう」

美咲さんもグラスを持ち、そっと総一郎さんのグラスに自分のグラスを近づけます。

「ありがとう」

ハンドベルが小さく鳴るように、温《ぬく》もりのこもった音を響かせて二人はグラスを合わせました。

シャンパンを一口含み、飲み終わると目を合わせて、二人は照れたように笑います。

グラスを置き、再び料理を食べはじめた美咲さんを見つめながら、総一郎さんは感慨深そうに呟きました。

「……本当に大きくなったな」

「何、急に。いつも見てるでしょ」

美咲さんと目が合うと、総一郎さんは逸《そ》らすように下を向きました。

「いや、ここに来ると小さかったお前の姿をよく思い出すから……」

そう言うと総一郎さんは言葉が詰まり、眉間にまた少しずつしわが寄ります。本当はまだ話したいことがあるのに、その続きがなかなか言い出せないような様子でした。

もうその言葉は喉の辺《あた》りまで来ているのに、何が彼を躊躇《ちゅうちょ》させるのでしょう。あともう一押しで、その思いを吐き出せるのに。ほんの少し、私がその背中を押すことができるのなら……

ふと上を見上げて、私は気がつきました。そうか、答えはきっとこれですね。

私はカウンターの奥の壁にある、照明の明るさを調整するダイヤルをゆっくりと回しました。店内の照明はだんだんと落ちていき、顔がぼんやりと浮かび上がる程度まで暗くなりました。窓の外から漏れる光が丁度良く、雰囲気を作り上げてくれます。私は一つ一つのテーブルに回って声を掛けていきました。

そして最後に一番奥の二人の席に伺《うかが》い、他のテーブルと同様に声をかけました。

「すみません、今日が誕生日のお客様がいらっしゃいまして、サプライズの演出のためしばらくの間照明を少し落とさせていただきます。ご協力ください」

「ええ」と総一郎さんは快く返してくださいました。そして美咲さんのほうを向き直ると、彼は気がついたようです。美咲さんの顔が、暗くぼやけて見えることに。

本当は誕生日のお客様なんていなかったのですが、不器用でシャイな総一郎さんはきっと、直接顔を見て目を合わせて本当の気持ちを話すのは、照れてしまって言葉が出ないのではないかと思ったのです。そこで私は、嘘をついて照明を落とし、美咲さんの顔を見えにくくすることで、総一郎さんの背中を押せたらと考えました。

結果は私が予想した通り、総一郎さんは正面からまっすぐに、美咲さんと向き合うことができたのです。

そして喉で留まっていた言葉が、空気中に解き放たれました。

「……最近よく、夢を見るんだ。お前が生まれた日の朝のこと」

総一郎さんは脳裏に焼きついているそのシーンを思い浮かべるように目を閉じました。美咲さんはただ静かに、彼の話に耳を傾けました。

「夜中から降っていた雨が、お前の産声《うぶごえ》と共に上がって、朝日が病室を包んだ。光を浴びながら生まれたお前は、まるで神様が授《さず》けてくれた子供のようだった」

一枚の絵画を見ているような光景が私の胸の中にも浮かびました。そして総一郎さんは目を開き、自分の手のひらを見つめます。

「信じられないほど小さな手のひらで、闇雲《やみくも》に俺の指をお前がつかんだとき、初めて自覚したんだ。俺は父親になったんだって。

いつまでも子供のままだと思ってた。うるさくて、落ち着きがなくて、泣き虫だったお前が、いつの間にか年を重ねて、背が伸びて、大人になって……結婚するときが来るなんて、まだ少し信じられないでいるよ」

その言葉に、恥ずかしそうに俯いて、美咲さんは微笑みました。

「いつかこんな日が来ること、覚悟してたはずなのにな」

そう言って総一郎さんは、悲しそうに笑いました。きっと、彼女が女の子としてこの世界に生を受けたその瞬間から、別れの時が訪れることを彼はずっと心積もりしていたのでしょう。しかし今、実際にその日が訪れて素直に受け止められない彼の心情を、その笑顔が物語っていました。そんな総一郎さんを見て、美咲さんは強く唇を噛みます。

「……お前が大きくなるにつれて、会話を交わすことも少なくなって、仕事に没頭して家族の時間を蔑《ないがし》ろにしてた。お前には我慢させたこともたくさんあったと思う。……俺は口下手《くちべた》だから、母さんみたいにお前を優しくほめることも、厳しく叱ることもできなかった」

総一郎さんは悔しそうな表情を浮かべて言いました。自分ですべてを自覚しながらも、その時間はもう取り戻すことができないのです。

「全然……いい父親じゃなかったよな」

それはまるで自分自身に言っているかのようにも聞こえました。

「……すまなかった」

総一郎さんは美咲さんに向かって頭を下げました。そんな総一郎さんを見つめながら、美咲さんはゆっくり口を開きました。

「前にね……お母さんから聞いたの」

「……え？」

「お父さんが教師を辞めた理由。私のためだったんでしょ？」

美咲さんは首を傾けます。思いがけない彼女の言葉に総一郎さんは黙ったまま、視線を下に逸らしました。

「教師の子供だと、周りから期待されたり、比べられたりして、私が嫌な思いをするんじゃないかって。私が自由に生きられるように、私が小学校に上がるときサラリーマンになったんだよね」

美咲さんはグラスに残っているシャンパンを悲しそうに見つめました。底から浮かび上がった泡が水面に上がっては弾けて消えていきます。

「それを知ったとき、私がお父さんの夢を奪ってしまったと思った。本当は教師を続けたかったんじゃないかって。だって今でも昔の生徒さんたちからたくさんの年賀状が届くのは、それだけお父さんが慕われていたってことでしょう？　それに、アルバム開いて生徒さんたちの写真見てるときのお父さん、びっくりするくらい優しい顔してるもん」

普段の硬い表情をした総一郎さんを思い浮かべて、美咲さんが可笑しそうに笑います。目を伏せていた総一郎さんも徐々に視線を上げていきました。

「慣れない仕事に就いても、お父さんは毎日、毎日頑張ってた。見てなくたってわかるよ。だっていくつもはきつぶした靴も、くたくたの背広も、お父さんがいつも外で戦ってきたことを教えてくれるから。それなのに、私もお父さんに似て素直じゃないから、〝お疲れさま〟も、〝いつもありがとう〟も言ってあげられなかった」

彼女もまた、素直になれずに過ぎていった時間を総一郎さんと同じように後悔していました。

「本当は上手くいかなくて悔しいときも、行きたくないくらいつらいときもあったんだよね。口に出さなくても、お父さんの顔見たらすぐにわかる。いつも怒ったような顔してるけど、眉が少し下がってたり、いつもより眉間にしわが寄ってたりするから。それでもお父さんは弱音も文句も一切言わなかった。私とお母さんのために、全部一人で呑み込んで、乗り越えてたこと、私知ってたよ」

涙で潤《うる》んだ瞳で、美咲さんは精一杯笑顔を作りました。同じ屋根の下に暮らしながらも、ずっと言えなかった言葉たちが今、十数年の時を経て不器用な二人の親子の胸に溶けていきます。

総一郎さんの視線が再び美咲さんの瞳まで上がりました。

「いつも家族のことを一番に考えてくれてることも、ちゃんとわかってる。不器用だけど、たくさんの愛情をもらった。私にとって、最高の父親だったよ」

溢れる感情を抑えようと力の入った総一郎さんの口元は震えていました。暗闇に慣れたその目にはもう、美咲さんの顔がはっきりと映りました。

「今まで本当にありがとう」

涙が溜まった美咲さんの瞳が、街の光に照らされてきらきらと輝きます。

「あと、お父さんの人生を犠牲《ぎせい》にしてしまって、ごめんなさい」

今度は美咲さんが総一郎さんに頭を下げました。

総一郎さんは右手で震える口元を隠しながら言いました。

「犠牲になったなんて思ったこと一度もない」

口元は隠しても、震える声は隠しきれませんでした。

「父親になったとき、この子が幸せに生きていけるためなら、なんだってしようと思ったんだ。だから、俺が選んだ道に後悔なんてしてない。お前と母さんがいてくれたから、どんなことだって頑張れた。お前がたくさん食べて、元気に走って、いつも笑っていてくれることが、俺の幸せだったんだ」

総一郎さんは涙を堪《こら》えて、口元から手を離します。そして総一郎さんの瞳の中に、同じ顔をした美咲さんが真っ直ぐに映りました。

「俺と母さんの子供に生まれてきてくれて、ありがとう」

一筋の涙が、美咲さんの柔らかな頬を伝ってこぼれ落ちます。

「俺を父親にしてくれてありがとう」

総一郎さんは今まで見たことのないような、本当に優しくて、だけど切なさに溢《あふ》れた笑顔で、美咲さんに言いました。

「これからもずっと、誰よりもお前の幸せを願ってるよ」

美咲さんはこれ以上涙がこぼれないように、上を見上げて涙を呑み込みました。そして洟《はな》を啜《すす》りながら笑います。

「私、お父さんの娘に生まれてきてよかった」

それはとても美しく、今、この地球上で誰よりも幸せそうな微笑みでした。

最後のデザートを食べ終えるまで、父親と花嫁の最後の夜は、切なくも美しく、そして温かく続いていきました。

アンティーク調のドアを開け、晴れやかな表情を浮かべたお二人が帰っていく背中を見送ったとき、私はいつか美咲さんがご主人と新しい家族を連れて、そのドアを開ける日が来るのかもしれないと思いました。

最後の夜

甘い花の香りが、どこからともなく春風に運ばれて吹き抜けていく、三月末のことでした。出会いと別れが交錯するこの季節は、街を歩いていく人々の心を時に切なく、時に希望で溢れさせていきます。

この日私は、シャルールに行く前に寄るところがありました。街はもうすぐ行われる春祭りの準備で賑わっており、表通りにはいつもより多くの人が行き交います。そんな街並みを眺めながら、私はゆっくりと歩いていました。暖かい春の日差しが心地よく、目を閉じたら眠ってしまいそうでした。

辿《たど》り着いたのは、街外れのとあるワイン専門店。店構えは割と小さめですが、店内は大都会に密集する高層ビルのように並べられた天井まである棚の中に、世界中から集められたワインたちが犇《ひしめ》き合っています。一般のご家庭へのお届けや、ホテルやレストランへの納品など、幅広く顧客を集めているため、お手ごろなワインから最高級のワイン、珍しくて希少なワインまで揃っているお店です。シャルールで扱っているワインは、すべてここに発注しているのです。

「あれ、岡崎さん」

店内に足を踏み入れると、どこからか私の名前を呼ぶ声が聞こえてきます。辺りを見て僅かに視線を下げたところ、ワイン棚の間からご主人の斉木《さいき》さんが顔を出していました。

かなり小柄で、いつも分厚いレンズの丸眼鏡をかけた斉木さんは、後ろから見ると小学生と間違われることもしばしばあるそうですが、ワインの知識は私が知る中で誰よりも豊富です。ワインが本当に好きな方で、自ら世界中を回り、自分が気に入ったワインを取り寄せています。

「こんにちは」

軽く会釈をした私の前に、パタパタとせわしない足音を響かせて斉木さんが駆け寄ってきました。

「どうしたんだい？　来月の仕入れは来週だと思ったが」

いつもは一か月に一度、月初めに一か月分を発注しているのですが、今日は急遽《きゅうきょ》別のワインが必要になったのです。

「今日はあるワインを探しに来ました」

「何のワインだい？」

そう尋ねる斉木さんに、私は少し照れながら言いました。

「魔法のワインです」

「魔法のワイン？　なんだい、それは」

斉木さんは首を傾《かし》げます。

「それが私にもわからないんですよね。でも、ここに来れば見つかるかなと思いまして」

私は棚に並んだワインに目を移してゆっくりと店内を歩いて回ります。

「どんなのがいいんだ」

後ろから斉木さんが聞きました。

「心が洗われるような、強い意味のあるワインです」

そう答えると、斉木さんは笑いました。

「はは、まさに魔法のワインだな」

そしてどこか棚の間に入り込んだかと思うと、何本かワインを両腕に抱えて出てきました。

「そうだな、これはどうだ？」

斉木さんが差し出したのは、青いインクで東向きと西向きの二人の横顔とサインが連なって描かれたラベルのワイン。

「オーパス・ワンですか」

それはボルドーの有名ワイン『シャトー・ムートン・ロートシルト』のフィリップ男爵《だんしゃく》とロバート・モンダヴィの二人が設立したワイナリーで造られた有名な高級ワインでした。

「これはカリフォルニアに行ったときに出会ったんだがね、『一本のワインは交響曲、一杯のグラスワインはメロディのようなものだ』っていうロスチャイルド男爵の考え方から〝作品番号一番〟の意味でつけられたこのオーパスワンっていう名前が気に入ってな！　すぐに買ってしまったよ」

　ここに置いてあるすべてのワインと、出会ったときのエピソードを覚えている斉木さんは、ワインの話をすると止まらなくなります。

「そうですね……ちょっと高級すぎますかね」

　私はやんわりと断りました。

「お手ごろなワインを探しているのかい？」

「ええ、まあ……できれば」

「それなら早く言ってくれないと」

　完全にスイッチの入った斉木さんは、手に持ったワインを元の場所へ戻すと、今度はお手ごろなワインを物色しはじめました。

　わくわくしている斉木さんの後ろ姿は危険信号です。一度捕まると、斉木さんはなかなか帰してくれないのです。

　ここは早く見つけないと、シャルールに行くのが遅れてしまいそうです。私は斉木さんから身を隠すように棚の間に入り込みました。

店内はまるで迷路のように棚が立ち並んでいて、出口がどっちなのかわからなくなりそうです。

私は目に入ってくるワインのラベルを、早足で歩きながら一つ一つ見ていきました。しかしどれもいまいちで、ピンと来るものはありません。

「やはりイメージが抽象的すぎましたかね……」

私はもうちょっと考えてくればよかったと反省して頭を掻きました。

するとちょうど視線を落とした先の一番下の棚にあった、何種類ものモダンな花の絵が描かれたラベルが目に入ってきました。

私はその場にしゃがみ込み、そのうちの一本を手に取ってみました。

「ああ！　ここにいたのか！」

後ろから斉木さんの声がして振り返ると、先ほどよりも多くのワインを両手に抱えてこちらに走ってきます。

斉木さんが選び抜いたご自慢のワインのお話をされる前に、私は手に持ったワインを斉木さんに見せました。

「斉木さん、このワインは?」

「ああ、それはね」

そう言うと、かなり重かったのか、手に持っていたワインを一旦空いている棚に並べていきました。そして、私の選んだワインの隣にあった同じ種類のものを手にとって懐かしそうに眺めます。

「美しいだろ？　この花の絵が気に入ってね。全部で十八種類あるんだが、どうしても全部集めたくなってしまったんだ」

棚に並べられた全種類のボトルを見て斉木さんは嬉しそうに笑います。

「そしてやっと去年全種類集めたのさ。もう嬉しくてね。本当はよく見えるところに飾りたいんだが、他にも見せたいワインがありすぎて場所が取れなくて、こんな隅のほうに追いやってしまっててね……」

話がだんだんと違う方向にずれていきます。私はこれ以上話が脱線する前に、斉木さんに手に持ったワインを差し出しました。

「これにします」

「え？　これにするのかい？　他にもお勧めのワインがたくさん……」

「これをお願いします」

持ってきたワインを見ながら言う斉木さんに、私は笑顔でもう一度言いました。

斉木さんは渋々ワインを元の位置に戻しに行き、私の選んだワインを包装してくださいました。

「ありがとうございます」

私は頭を下げてお店を後にしました。

さて今宵《こよい》、私は魔法使いになることができるのでしょうか。

世界を赤く染めていく夕日は、だんだんと影を落とし、空には一つ、また一つと星が瞬《またた》きはじめます。

以前と比べると日が長くなったように感じますが、やはりまだ暗くなるのが早い気がします。

さて、シャルールには本日一組のご予約のお客様が入っていました。

「岡ちゃん、予約の客は来たか？」

厨房から城田さんが顔を出します。

「いいえ、まだです」

私はグラスを拭きながら答えました。十九時のご予約だったのですが、時計を見ると十九時五分を過ぎたところでした。

「最近の若者は時間にルーズだな」

城田さんはそう言うと、腕を組んで壁にもたれ掛かりました。

「何かあったのかもしれませんね」

ご予約のお客様は常連さんでしたので、なんとなく理由はわかる気がします。オープンして三十分ほどですが、お客様はもう三組ほどいらしていました。

カランカラン！

静かな店内に、勢いよく開かれたドアのベルが鳴り響きます。

「もう、由紀江《ゆきえ》が遅刻するから時間過ぎちゃったじゃん！」

「ごめん、ごめん」

賑やかな声と共に来店したのは、三名の若い女性たちでした。

「遅れてすみません、七時に予約していた小野《おの》です」

ふわふわのウエーブがかかった長い髪を揺らして前に出たのは、小野智美《ともみ》さん。近くの美術大学に通っている学生さんです。後ろにいらっしゃるお二人は、お友達の原田麻子《はらだまこ》さんと溝口《みぞぐち》由紀江さん。二年ほど前に初めていらしてから、時々三人で学校帰りに足を運んでくださるようになりました。

「お待ちしておりました。三名様ですね。どうぞこちらの席へ」

私は三人を中央の広い席へご案内しました。

学生さんと言いましたが、皆さんはつい先日大学をご卒業されたばかりで、明日からはそれぞれ社会人となって大人の道を歩んでいく方たちです。そう、つまり今夜は学生として過ごす最後の夜なのです。

皆さんが席に着き、私はテーブルの前に立ちました。

「皆様、ご卒業誠におめでとうございます。皆様の門出《かどで》を、私共もお料理でお祝いをさせていただきたいと思います。本日はごゆっくりとお楽しみください」

「ありがとうございます」

智美さんが笑顔で言いました。お二人も小さく頭を下げます。

「では、さっそく前菜からお持ちしてよろしいでしょうか」

「お願いします」

「かしこまりました」

私は一礼してその場を立ち去りました。背後から、彼女たちの楽しそうな話し声が聞こえてきます。

「ふふ、前菜だって。楽しみだね」

智美さんは両手で口を隠し、小さく肩を上げて嬉しそうに笑いました。頬の横で、ウエーブの髪が軽やかに揺れます。物腰が柔らかく、穏やかな印象の智美さんは、三人の中ではお母さん的な存在のようでした。いつもご予約は智美さんが代表してご連絡くださいます。友達思いで、とてもお優しい方なのですが、その優しさ故《ゆえ》かご自分の気持ちを人に話すのが少し苦手のようです。

「そうだね」

そんな智美さんの横で、由紀江さんが頷きます。ショートヘアでいつもラフな服装をしている由紀江さんは、私の見立てでは何事にも縛られない自由な方。約束の時間に遅れるのはよくあることのようで、今日のようにシャルールの予約時間を過ぎてしまう原因はだいたい由紀江さんなのだと、以前智美さんが漏らしていました。しかし愛嬌《あいきょう》のある笑顔と、嘘偽りのないその振る舞いで、誰からも好かれるような魅力的な方です。

「いつもはメインとワインくらいしか頼まなかったからね」

麻子さんが智美さんのほうを向いて言いました。麻子さんは、ボーイッシュな雰囲気の由紀江さんとは対照的に、流れるような美しいロングヘアに、流行のファッションを意識したお洒《しゃ》落《れ》な装いで非常に女性らしい方です。落ち着いたお姉さんという印象なのですが、智美さんに言わせるとそれは表向きの姿なのだとか。素顔はその容姿からは考えられないほど型破りで、由紀江さんに負けず劣らず自由な方のようです。

シャルールでは城田さんが選んだそれなりの品質の食材を使って料理を提供しておりますので、学生さんには少々割高な料金設定になっているのです。そのためか、三人でいらっしゃるときにはいつもメインの料理を一品と、それに合うワインを私がお勧めしていました。

「今日は最後だから、前菜とメインとデザートまで予約したんだ」

智美さんはいつもよりも豪華な食事を楽しみにしているように話していましたが、その〝最後〟という言葉はどこか切なさを誘い、笑い合う三人の心の中に影を落としているようでした。


表通りを行き交うたくさんの足音や笑い声が、通りを越えてこちらまで微《かす》かに聞こえてきます。

歓送迎会などが重なるこの時期は、夜になっても街は眠ることなく賑やかで、人通りが絶えなくなるのです。

そんな中、表通りから外れたこの小さな店の中でも、今まさに最後の晩餐会《ばんさんかい》が始まろうとしていました。

「お待たせいたしました。前菜、季節野菜のキッシュでございます」

オーブンから出たばかりの温かいキッシュは、今が旬の菜の花、春キャベツなどをきのこやベーコンと炒め、生クリームや卵黄で作ったアパレイユと一緒にタルトに詰めてチーズを載せて焼いた、食材がぎゅっと凝縮された前菜です。

「わぁ、美味しそうな香り」

こんがりと焼けたタルトから、芳《こう》ばしい香りがテーブルに溢れます。智美さんは目を閉じてその香りを胸いっぱいに吸い込みました。

「ごゆっくりどうぞ」

三人の晩餐会の邪魔にならぬよう、私は静かにカウンターへと下がりました。他のテーブルにはメイン料理まですべて行き渡っていたので、少し時間の空いた城田さんと高橋くんが揃って窓から顔を出していました。

「いいっすね、若くて」

高橋くんが頬杖をついて、中央に座っている三人の姿を羨《うらや》ましそうな目で眺めて言います。

「お前も十分若いだろ」

嫌みか、という顔で城田さんは高橋くんを睨《にら》みました。

「いやいや、あのぐらいの時期が人生で一番楽しいんすよ。まだ社会を知らない、自由でいくらでも時間があると思ってたあのころが……」

過去の自分を思い出すように、高橋くんはどこか遠くを見つめて物思いに耽《ふけ》っていきます。

「今がつらいみたいな言い方だな」

城田さんの鋭い言葉が高橋くんを突き刺します。

「い、今も楽しいっす」

知らず知らずのうちに墓穴を掘っていく高橋くんは、上体を起こして背筋を伸ばしました。

「俺たちにもあったよなぁ、あんな風に学生だったころが」

今度は城田さんが、私たちが出会ったあの学生時代を思い出していました。

「もうずいぶん前ですね」

三十年もの年月を共にした城田さんの横顔を見ながら、初めて会ったときの彼の顔が頭に浮かびます。

「城田さんってどんな学生だったんですか？」

高橋くんが興味津々に身を乗り出し私に聞いてきました。

「コンクールでは賞を総なめにしていて、向かう所敵なしの優等生でしたよ」

「やっぱりそのころからすごかったんすね」

高橋くんが城田さんのほうを振り返り、素直に尊敬の眼差しを向けます。

「まあな」

城田さんは照れたように人差し指で鼻の下をこすって、でもそれを隠すように威張ってみせました。

「女性からも大人気でした」

私は補足情報をこそっと高橋くんに耳打ちします。

「えっ、城田さんモテてたんっすか」

驚いた、というより信じられないという表情で高橋くんは城田さんを見つめます。

「なんだよ、その顔は」

城田さんは高橋くんの反応が腑《ふ》に落ちないようでした。そんな城田さんをからかうように、私は付け足して言いました。

「ただ、授業はよくサボっていたと噂《うわさ》で聞きましたけどね」

「岡ちゃん」

それは言っちゃだめだと、城田さんが首を横に振ります。私は笑って誤魔化しました。

「優等生じゃないじゃないですか！」

「天才はな、授業なんか受けなくてもできるんだよ」

文句を言う高橋くんも城田さんの天才発言にはまるで否定ができません。

すると城田さんは、はっと何か思い出したように顔をニヤつかせて、仕返しとばかりに私に言ってきました。

「そういえば、岡ちゃんもあのころすごい美人と付き合ってたよな？」

「そうなんっすか？」

その話に食いついた高橋くんも、目をキラキラさせて私を見てきます。

「そうそう、あの子と付き合うようになってから、岡ちゃんちょっと変わったよなぁ。それまでは、今じゃ考えられないくらいクールでさ。確か耳が聞こえない子で、いつも手話で話してたような……」

「岡崎さん、手話もできるんっすね」

他愛もない私の特技に、高橋くんは感心してくれているようです。

「あの子とは、あのあとどうなったんだよ？」

本当にその後のことが気になっているようで、城田さんは純粋に私に聞きました。

「振られましたよ」

「え！　岡崎さんが？　なんで！」

なぜか驚いている高橋くんが思った以上に大きな声で言います。

「さあ、突然消えてしまいましたので、私にもわかりません」

「そうだったのかぁ。いい感じだったのになぁ」

城田さんが残念そうに口を尖らせました。

「私の話はもういいですよ。ほら、五番テーブル、前菜もう少しで食べ終わりますよ」

私は話を切るように、話の発端でもある三人の席を見て言いました。

「おっと、いけね、高橋！」

「はい！」

二人は慌てて厨房へと入っていきます。


「卒業式も終わっちゃったね」

智美さんはキッシュを口に運びながら、しみじみと呟きました。

「うん」

「明日からは、みんなバラバラか。まだ実感わかないな」

頷く由紀江さんの横で、切なさを吹き飛ばすように智美さんは笑いました。

「麻子は他県の建設会社だっけ。結構早い段階から就職決まってたよね」

智美さんは麻子さんのほうを見て言います。確か智美さんと由紀江さんはデザイン学科で、麻子さんは建築学科の学生さんでした。

「もうそこしか狙ってなかったからね。落ちたら終わってたよ」

「麻子は頭もセンスもいいから、どこでも行けたと思うけど」

胸を撫で下ろす麻子さんを、そんな心配など不要だと言うように、智美さんは笑います。

「由紀江はここに残るんだね。よかったね、最後のデザイン会社、就職決まって。安心した」

「本当にぎりぎりだったからね」

かなり切羽詰まっていた状況のようでも、まるでそれを感じさせないほど軽く由紀江さんが言います。

「卒業できるかどうかもぎりぎりだったけど。出席日数足りないんじゃないかと思ったよ」

緊張感のない由紀江さんに、智美さんはため息をつきます。

「最後のほうは頑張って毎日行ったからね」

「それが普通だよ」

大きな一口を頬張り自慢げに話す由紀江さんに、智美さんが呆《あき》れて笑いました。空いたお皿にフォークとナイフを並べて、麻子さんが智美さんを見ます。

「智美は地元の広告会社だよね」

「うん。でも実家からは遠いから、結局また一人暮らしだけどね」

智美さんも食べ終わり、ナプキンで口をぬぐいます。

麻子さんと由紀江さんは、同じ地元の幼馴染《おさななじみ》だそうですが、智美さんだけは実家が遠くにあり、この近くの美術大学に通学するため親元を離れて一人暮らしをしていました。

「みんな就職決まって本当によかった」

智美さんは水を一口飲んでそう言いましたが、二人の表情はどこか暗く俯いているようでした。

先ほどからそうだったのですが、智美さんがそれぞれの間に入って二人とお話しするだけで、麻子さんと由紀江さんが言葉を交わすことは一度もありませんでした。それどころか、ここに入ったときから、二人が目を合わすことさえないのです。智美さんが気を遣って話題を振り、話を盛り上げてはいたのですが、二人の間にはどうやら気まずい雰囲気が流れているようでした。

「でも本当に、みんな離れ離れだね……」

智美さんの言葉に、彼女たちが少し顔を上げます。そのとき、一瞬だけ二人は目を合わせて、すぐにお互い逸らしてしまいました。

智美さんは肩を落とし、カウンターにいる私のほうを見ました。カウンターからそちらの様子を窺っていた私と目が合います。困り果てた顔の智美さんに、私は小さく頷いて返しました。

「魔法をかけてください」

一週間前の土曜日、智美さんはご予約を取りにシャルールを訪れました。そして私に向かって真剣な目をして言うのです。

「魔法……ですか？」

あまりにも純粋にそんな突飛《とっぴ》な言葉を使われるので、私は返事に詰まってしまいました。しかし戸惑っている私を気にかけることなく、智美さんは大きく頷くのです。

「はい！　実は、麻子と由紀江、ちょっと前から喧嘩《けんか》してるんです」

俯いた智美さんは悲しそうな顔をします。

「喧嘩を？」

「ただの意地の張り合いなんですけどね。由紀江がなかなか就職が決まらなくて、麻子はずっと心配していたんですけど、この前やっと就職が決まったこと、由紀江が麻子に報告するのを忘れてたんです。それで麻子怒っちゃって。由紀江も、わざとじゃないのにって言って機嫌悪くて。おめでたい話だから、二人もむきになって怒っているわけではないんですけど、仲直りするきっかけがつかめなくて……」

智美さんは顔を上げて、懇願する目で私を見つめて言いました。

「だから岡崎さんの魔法で、二人を笑顔にしてほしいんです！　三人で過ごす最後の夜だから」

知らないうちに私に魔法が使える前提で話が進んでいきます。言い出しにくかったのですが、私は正直に話しました。

「申し訳ないのですが、私に魔法の力は備わっていないので……」

しかし私の言葉を遮《さえぎ》るように、完全否定して智美さんは言います。

「そんなことないです！　だって岡崎さんが選んでくださるワインは、いつも二人を笑顔にするもの！」

そして智美さんは、心に二人の顔を思い浮かべたのか、とても優しい表情をしました。

「私、二人が笑ってくれるとすごく嬉しいんです。人の笑顔を見るのが好きだから。ここに来て、美味しいものを食べて、美味しいものを飲んで、幸せそうに笑う二人を見ると、私も幸せだなって思うの」

智美さんは優しさと思いやりに満ちた瞳で、私を見つめます。

「二人が仲直りできる魔法のワインを選んでくれませんか？」

そんな目でお願いされて、断れる人がこの地球上にいるのでしょうか。多分どこにもいないと思います。

「……ご期待に添えるかどうかはわかりませんが、私にできる限りのことはご協力したいと思います」

「ありがとうございます！」

根負けした私に、今度は目を輝かせながら智美さんは頭を下げました。

「いい方向へ運べるといいのですが……」

承諾してしまったものの、あまり自信のない私に、なぜか智美さんは自信たっぷりに言いました。

「きっと大丈夫です！　だって岡崎さんは魔法使いですもん」

そして智美さんは屈託《くったく》のない笑みを私に見せるのです。


どこからやってきたのか、桜の花びらが春の夜風に吹かれ、ひらひらと窓の外を踊りながら通り過ぎていくのが見えました。

私はただ、これからかける魔法が今の桜の花びらのように、軽やかで美しく舞い上がってくれることを願うばかりです。

「お待たせいたしました。メイン料理のシュークルートでございます」

シュークルートは、千切りにしたキャベツの塩漬けとベーコンやソーセージ、豚のすね肉などを煮て、ゆでたジャガイモを添えたもので、ボリュームのあるフランスはアルザス地方の郷土料理です。

「わぁ！」

「すごい！」

そのボリュームに由紀江さんと麻子さんが揃って驚きの声を上げました。

「ワインはいかがなさいますか？」

私は智美さんを見て言います。そんな私のアイコンタクトに、智美さんも微笑みで返しました。

「合うワインを選んでもらってもいいですか？」

「かしこまりました」

私は一度カウンターに戻り、三人分の赤ワインのグラスをトレーに載せて運び、テーブルに並べました。

そしてワイン棚にしまっておいた、今日仕入れたばかりの魔法のワインを手に取り、ひとつ小さく息を吸って吐きました。

どうか、この世界のどこかにいる本当の魔法使いさんが、今日だけ私に力を貸してくれますように。

「こちら、スプリング・シード・ワインのスカーレット・ランナー・シラーズという赤ワインでございます」

オーストラリアのマクラーレン・ヴェイル原産のそのワインを、私は三人の前に持っていき、ラベルを見せてプレゼンしました。

「かわいい！　お花のラベルだ！」

それを見て最初に声を出したのは由紀江さんでした。

ラベルには、真っ赤の丸くて大きな花と、同じ形の白い花が二つ描かれています。

「このラベルは百年前の花の種子袋からデザインされたものです。有機ブドウを使っている、体に優しいオーガニックワインです」

「どんな味なんですか？」

麻子さんが興味深そうにラベルを覗き込みます。

「熟したブルーベリーやブラックチェリー、プラムなどの果実とチョコレートが混ざり合ったような風味です。渋みが少なく、とってもジューシーですよ」

「美味しそう！　これにしよう？」

由紀江さんはその可愛らしいラベルを一目見て気に入ったようで、智美さんに言いました。

「うん。じゃあ、お願いします。テイスティングは結構です」

智美さんは私を見て頷きます。

基本、当店ではワインを提供するときにホストテイスティングをしてもらっているのですが、智美さんたちはいつも私の選んだワインに信頼を置いてくれているのか、テイスティングを行わないのです。

「かしこまりました」

私はポケットからソムリエナイフを取り出し、フォイルを剥《は》がしました。スクリューを刺し、ゆっくりとコルクを抜いていきます。

待ちきれない様子の由紀江さんは、その過程をじっと眺めていました。

ボトルの口を拭き、席を回ってお一人ずつグラスにワインを注いでいきます。

「こちらのラベルに描かれているお花、ヒャクニチソウというのですが、皆様、ヒャクニチソウの花言葉をご存じですか？」

私はワインを注ぎながら、三人の顔を見て言いました。

わからない様子で三人は顔を見合わせます。

「なんですか？」

智美さんが代表して私に言いました。ワインを注ぎ終えて、私はもう一度皆さんにラベルがよく見えるようボトルを少し傾けました。

「ヒャクニチソウには、〝別れた友への思い〟、〝遠く離れた友を思う〟、〝いつまでも変わらぬ心〟、〝絆〟などの花言葉があります。今の皆様に相応しい花かと思います」

皆さんの心の中に花言葉が刻み込まれていきます。黙ったまま、私の言葉に耳を傾けていました。

「このスプリング・シード・ワインは、白ワインやロゼを含めて六タイプありまして、お花のラベルは全部で十八種類あるんです。スカーレット・ランナー・シラーズだけでも三つのお花のラベルがあるのですが、偶然にも本日シャルルールにおいてあったのはヒャクニチソウでした」

私は智美さんの顔を見て笑いました。私の嘘に気がついた智美さんは、〝ありがとうございます〟と目で私に微笑みました。

そう、もちろんこのヒャクニチソウのラベルのついたスカーレット・ランナー・シラーズは、偶然シャルルールにあったわけではありません。斉木さんのワイン専門店で、今日私が見つけてきたものです。

斉木さんのお店に置いてあった、十八種類の花のラベルを見たとき、私は花言葉を思い出しました。

花言葉は元々トルコが発祥の地なのですが、トルコでは文字や言葉ではなく花に思いを託して相手に贈り、贈られた相手も花で返事をするという風習があったそうです。

そして私は十八種類のラベルの中から、このヒャクニチソウを選んだのです。


私の贈った魔法の言葉は、どうやら皆さんの心に響いているようでした。

「飲もっか」

沈黙を破り、智美さんはグラスを手に持ちました。

「うん」

そう言って麻子さんもグラスを持ちます。つられて由紀江さんもグラスを持ちました。

「卒業おめでとう」

智美さんはグラスをテーブルの中央へ掲げました。

「おめでとう」

「おめでとう」

二人もグラスを持ち上げ、三つのグラスは小さな音を立ててぶつかりました。

そして一斉にワインを口へ運びます。

「美味しい！」

一番先に、智美さんが歓声を上げました。

「うん、うまい！」

「ほんと、美味しいね」

由紀江さんと麻子さんの顔に、笑顔がこぼれました。その瞬間を、私も智美さんも見逃しませんでした。智美さんが嬉しそうに私を見て笑います。

そしてワインの余韻《よいん》に浸《ひた》る二人の顔を眺めながら、智美さんは口を開きました。

「ねえ、初めてここに三人で来たときのこと覚えてる？」

「当たり前じゃん」

麻子さんはグラスをテーブルに置いて答えます。

「二年前の由紀江の誕生日のときだったよね。私たちの中で一番誕生日が遅かった由紀江が二十歳になったとき、お祝いに美味しいワインを飲みに行こうって、私と麻子で計画したの」

初めて三人がシャルールを訪れたその日のことを、私も心の中で思い出しました。まだ成人されたばかりの三人が、緊張気味にあのドアを開けてから、もう二年の月日が経っていたことに少し驚きながら。

その日を思い返した由紀江さんが頷きます。

「それで、前から気になってたこのお店を予約したんだよね。麻子と一緒に奮発して、由紀江の生まれ年のワインをプレゼントしてさ。あのときのワインも美味しかったな」

ワイングラスを持ち上げて、光に透かした智美さんの目に映る深い赤色《ルージュ》は、二年前の思い出のワインを見ているようでした。

「あれから何度もは来られなかったけど、何か特別なことがあるときはみんなで来たよね」

智美さんは手に持ったワイングラスをゆっくりと回しはじめました。

「いろんなことがあったね、この四年間」

グラスをテーブルに置き、智美さんは由紀江さんを見ました。

「ほら、去年の夏はさ、すごく暑くて、水鉄砲と水風船を買って校舎の裏の水道のところでまるで小学生みたいに遊んだよね。水鉄砲で打ち合って、水風船を投げつけ合って、体中びしょびしょになるまで」

思い出した由紀江さんが、何度も相槌を打って笑います。すると智美さんは麻子さんを見ながら笑いだしました。

「麻子なんて、お化粧みんな落ちちゃって、顔ぐちゃぐちゃになってた」

「あれは由紀江が水鉄砲で顔ばっかり狙うから……」

恥ずかしそうに麻子さんは片手で顔を覆って笑いました。麻子さんの口から由紀江さんの名前が出たことに、智美さんは嬉しそうに続けました。

「それからおととしの冬は、夜中に学校の屋上に忍び込んでふたご座流星群を見たよね。三人でくっついて、毛布に包《くる》まって。つま先の感覚がなくなるくらい寒かったのに、流れ星がきれいすぎて、明け方になるまで夢中になって見てた。次の日は揃って風邪ひいちゃったけど」

今度は麻子さんがうんうんと頷きます。智美さんはくすくすと笑って由紀江さんに言いました。

「あのとき由紀江、真っ暗な夜の学校、超怖がってたよね」

「だって麻子が、あそこに何かいた気がするとか言いだすから」

照れて口を尖らせる由紀江さんも、自分で思い返して笑っていました。離れていた二人の距離が、徐々に近づいているようでした。

「三人で過ごした思い出がありすぎて、思い返せばきりがないよ。本当に楽しかったなぁ……」

そう言うと、智美さんは二人の顔を交互に見ました。智美さんの言葉に、笑顔のまま顔を上げ二人が目を合わせると、気まずさに笑顔が消え、目を逸らしてしまいます。

そんな二人を見て、智美さんが悲しそうな顔で俯き、本当の気持ちを口にしました。

「……私はこんな些細《ささい》なことで、二人が喧嘩したまま離れていくなんて嫌だよ」

核心を突いたその言葉を言い出すのに、彼女はどれほどの勇気を奮い立たせたのでしょう。

しかし今、その言葉を伝えなければ、そこで失ってしまうものの大きさに彼女は背中を押されたのだと思います。

「私は、二人と一生友達でいたいから。何年経ったって、三人で集まって、美味しいもの食べて、くだらない話して、一緒に笑いたいって思ってるから」

二人が揃って智美さんのほうを向きました。智美さんの強く清い素直な思いは、きっと彼女たちの心に届いたはずです。

「そう思ってるのは、私だけかな……？」

智美さんが遠慮がちな上目遣いで二人を見上げます。

すると小さな声で、麻子さんが呟きました。

「……私も思ってるよ」

「……うん」

由紀江さんも頷きます。そしてしばらくの沈黙のあと、由紀江さんは顔を上げて麻子さんを真っ直ぐに見つめて言いました。

「……ごめんね？」

麻子さんも顔を上げて目を合わせます。そして首を横に振りました。

「ううん、私も。ごめん」

由紀江さんは恥ずかしそうに微笑んで頷きました。それを見て麻子さんも照れた笑顔を見せました。

彼女たちの笑顔を取り戻したのは、私ではなく、私の選んだワインでもなく、智美さんの素直な言葉の魔法でした。

どうやら魔法使いは私ではなく、智美さんだったようです。

三人の最後の晩餐会は終盤に差しかかっていました。

先ほどまでの不自然な雰囲気は一転し、自然な会話が弾んでいきます。

目の前で起こった奇跡に、喜びを隠しきれない智美さんは、とても幸せそうな顔をしていました。そして智美さんの素直な言葉の魔法はさらに魔力を増していきます。

「私ね、二人には本当に感謝してるんだ」

赤ワインで、ほろ酔いの智美さんの口から気持ちがこぼれていきます。

「右も左もわからない土地で一人暮らしを始めて、知り合いの誰もいない大学に通って、友達ができるのかなとか、ちゃんと一人で暮らしていけるのかなって不安でいっぱいだった。だけどね、今振り返れば楽しかった思い出しか覚えてないの」

当時のまだ高校を卒業したばかりの智美さんにとって、この知らない街は実際よりも大きく見えたことでしょう。誰だって、初めてのことに踏み出すのは不安を抱えるものです。しかしそれから四年経った今、こんなにも充実感に満ちた笑顔でここに彼女がいる理由は、たった一つでした。

「こんなに幸せな大学生活を過ごせたのは、全部二人に出会えたからだよ」

アルコールが少し回っているせいもあるのか、頬を赤く染めながら智美さんは二人を見つめて話しました。彼女の言葉は、二人の心に温かく溶け込んでいきます。

「由紀江が私に最初に話しかけた言葉覚えてる?」

そう智美さんが由紀江さんに問うと、由紀江さんは首を横に振りました。

「〝トランプしよう〟って言ったんだよ。大学生になって休み時間にトランプ? って私、言われたとき笑っちゃった。だけどそれからたくさんの人が集まってきて、お昼休みになると毎日大富豪大会が始まってたよね。そのおかげで、人見知りで自分から声なんてかけられなかった私に、気がつけば友達がたくさんできてた」

思い出を振り返る智美さんは、優しい瞳で由紀江さんを見つめます。

「私思うんだ、由紀江には人を惹《ひ》きつける魅力があるって。由紀江の周りにはいつも人が寄ってくる。由紀江が意識してなくてもね。それってすごいことだと思うよ? ずっと羨ましかった。授業も遅刻ばっかりだし、すぐにサボろうとするし、時間にルーズな由紀江が、就職してからちゃんと一人でやっていけるのか心配だよ。明日からは、寝坊なんてできないんだからね？」

「わかってるよ」

智美さんの言葉に強い口調で返しながらも、由紀江さんの声は微かに震えていました。

そんな強がりな由紀江さんを智美さんは愛おしそうに笑って見つめます。そして麻子さんのほうを見て語りはじめました。

「麻子とは学科は違ったけど、サークルで初めて会ったんだよね。私記憶力はいいから、人の名前と顔はすぐ覚えちゃうけど、記憶力の悪い麻子は二回目に会ったときも私に〝初めまして〟って言ったの。私が〝麻子ちゃんでしょ？〟って言うと〝なんで私の名前知ってるの？〟って本気で驚いてた」

麻子さんは切なそうな笑顔で相槌を打ちます。

「麻子は天真爛漫《てんしんらんまん》で無茶苦茶なのに、要領が良くてずるい人だなって思ってた。人を巻き込むのが得意で、家に閉じこもりがちな私をいつも〝遊びに行こう〟って外に連れ出してくれた。おかげで私は休日まで退屈せずに過ごせたよ」

智美さんの顔には、四年間を振り返って笑顔がこぼれました。

「みんなの前ではいつも笑ってても、負けず嫌いだから陰では隠れていろんなことを努力してたよね。そんな姿は一切見せないけど、私は知ってるよ？　頑張り屋さんの麻子だから、明日からも頑張りすぎで倒れちゃうんじゃないかってちょっと不安だよ。疲れたら、ちゃんと休まなきゃだめだよ」

「うん」

深く頷く麻子さんの返事には、感謝の想いが込められていました。誰よりも近くで、二人のことを見ていたからこそ伝えられる智美さんの想いに、私は胸が熱くなってしまいました。

智美さんは背もたれに寄りかかり、まるで自分に話しかけるように言いました。

「きっとこれから社会に出たら、想像できないほど苦しいことも、悲しいことも、つらいことも、悔しいこともたくさんあるんだろうね。そのたびに私は、この時を思い出して、あのころに戻れたら……なんて思うんだろうな。でも目の前にある現実にはもう、くだらないことで馬鹿みたいに笑ってくれる人も、悲しいことを分け合って一緒に涙を流してくれる人も、横にはいないんだね」

その瞳には、微かに涙が滲《にじ》んでいました。

「当たり前のように一緒にいてさ、笑ったり泣いたり、歌ったり騒いだりしてたのに、明日からはもう、どこで何してるかもわからなくなるなんて、やっぱりちょっと寂しいね」

涙を飲み込んで、智美さんは独り言のように小さく呟きました。その気持ちは、きっと二人も同じだったと思います。

すると麻子さんは真剣な眼差しで智美さんに言いました。

「私は智美のほうが心配だよ」

「え？」

思いがけない言葉に、智美さんは驚いた様子で麻子さんを見ました。そんな智美さんに、呆れた顔の麻子さんは、怒っているようでした。

「あんたはいっつも人のことばっかりで、自分がつらいときは絶対に話してくれないから。変にプライドが高くて、弱いところは見せたくないとか言って自分ひとりで全部抱え込む。智美の悪い癖《くせ》だよ」

すると横から由紀江さんも智美さんに向かって言います。

「ちょっとは頼ってよ、私たちのこと。私たちは智美にたくさん優しさをもらった分、返してあげたいと思ってるんだよ」

突然の二人からの言葉に智美さんは何も言えず、ただ二人の顔を見つめていました。

「つらいときは電話でもメールでもしてよね。弱いところも、かっこ悪いところも、全部見せていいんだよ」

麻子さんが優しく微笑みながら言います。

「あと、ちゃんとご飯食べるんだよ！　あんたはめんどくさいって言っていつもご飯食べないから。そんな生活してると病気になっちゃうんだからね」

由紀江さんも付け加えるように言いました。

すぐに言葉の出てこない智美さんは代わりに何度も何度も頷きました。

「……ありがとう」

麻子さんが言うように、いつも誰かのことばかり想っている智美さんは、自分がそれほどまでに、麻子さんと由紀江さんに想われていたことを、今初めて知ったようでした。その温かい想いに包まれた智美さんは、かすれた声で感謝の思いを伝えます。

「ありがとね、二人とも……」

智美さんの目から次々に涙が溢れていきます。

そんな智美さんを見て、今まで堪えていた二人ももらい泣きをするように涙がこぼれました。

誰かを想い合う友情の温かさと、その美しさは、きっといつの時代も消えることはないのでしょう。

智美さんは溢れ出す涙を何度も何度も膝《ひざ》にかけたナプキンで拭《ぬぐ》い、笑顔を見せて言います。

「……私たちがさ、一緒にいたこの四年間は、人生の中ではほんの一瞬なのかもしれないけど、私はきっとどんなに時が経っても、このときが一番楽しかったって思う」

そんな智美さんの言葉に、由紀江さんも麻子さんも頷きました。

「きっと私がおばあちゃんになっても、この時間だけは、あの夏の水風船が割れる水しぶきみたいに、あの冬見上げた夜空の星みたいに、胸の中でキラキラ輝き続けるんだろうな」

そう言って笑う智美さんの顔は、どんなものよりも輝きを放っていました。

「ねえ、乾杯しよう?」

由紀江さんが涙ぐむ二人の背中をさすりながら声をかけました。

そして三人は再びグラスを手に持ちます。

「私たちの友情に」

由紀江さんがグラスを中心へ差し出します。

「それぞれの明日に」

麻子さんもグラスを持ち上げます。

「最後の夜に」

智美さんもグラスを前に突き出しました。

「乾杯」

三つのグラスは先ほどよりも軽やかに、だけど切なくその音を店内に響かせました。

三人以外は誰もいなくなった店内で、食後のデザートのイチゴムースを食べ終えると、満ち足りた表情で智美さんたちは席を立ちました。

お会計を済ませ、二人が先にドアから出ると、智美さんは私に言いました。

「やっぱり岡崎さんは魔法使いでしたね」

私は首を横に振ります。

「私は何もしていませんよ。お二人を笑顔にしたのは智美さんの素直な言葉です」

すると智美さんは笑って首を振りました。

「私が勇気を出せたのは、岡崎さんが今日のために選んでくれた魔法のワインのおかげですよ」

そして智美さんは深く頭を下げました。

「本当にありがとうございました」

智美さんは顔を上げると、二人が待つ外へとドアを開けます。

「いつかまた、三人でここを訪れるそのときまで、営業していてくださいね」

いつもより少し大人びた笑顔でそう言うと、彼女は新しい世界へと足を踏み出しました。

償いのスープ

表通りに立ち並ぶ街路樹に緑が芽吹き、真っ青な空に待ちわびた季節を喜ぶように照りつける太陽が笑う、ある暑い夏の日のことでした。

この日、シャルールではちょっとしたハプニングが起こっていました。

「お前は馬鹿か！　メロンとマロンを間違える奴がどこにいる！」

誰もいない客席にまで、城田さんの大きな怒鳴り声が響きます。

「すみません……でも、綴《つづ》り似てるじゃないですか！」

城田さんの声に肩を縮ませながらも、高橋くんが同意を求めるような顔で言い返します。

実はこの日、高橋くんの発注ミスで大量の栗《くり》が送られてきました。城田さんに言われた材料を発注するのは見習いの高橋くんの仕事なのですが、発注伝票の材料名がすべてフランス語表記のため、頼まれていたメロンをマロンと読み間違え、ダンボール一箱分の栗がシャルールに届いたのです。

「mellon はエルで marron はアールだ、阿呆《あほう》！　よく見ろ！　これじゃあ、今日から出す予定だったメロンのスープが作れねえじゃねぇか」

　メロンのスープは夏季限定で出しているシャルールの定番メニューで、毎年予約を受けつけるほど大人気の城田さんオリジナルデザートです。

「……すみません」

　腕を組んで威圧する城田さんに、高橋くんが今度は素直に謝りました。

「来週に延期するしかないですね。今日、スープのご予約が入ってなくてよかったです」

　私は二人の間に入るように言いました。

「ったく、どうするんだよ、この大量の栗」

　城田さんのイライラはおさまらず、何の罪もない栗の入ったダンボールを睨みつけます。

「幸いなことに生栗《なまぐり》なので、上手く保存すれば一週間はもつでしょう。来週までに新たな栗料理を考えないといけませんね」

　ひとつため息を漏らすと、城田さんは高橋くんを睨みつけました。

「高橋！　責任持ってお前考えてこい！」

「はい……」

　高橋くんには目もくれず、城田さんは奥の休憩室へ行ってしまいました。

　その場で下を向き、さすがに落ち込んでいる様子の高橋くんに、私は近寄り声をかけました。

「大丈夫ですよ。私も一緒に考えてきますから」

「ありがとうございます。本当にすみませんでした、岡崎さん」

高橋くんは深く頭を下げて私にも謝ります。

「高橋くんが、メロンのスープに負けないくらいの看板メニューを栗で作ってくれたら、何も問題はありませんよ。秋はこれからですからね。逆にこれはチャンスかもしれませんよ？　城田さんを驚かせてあげましょう」

そんな高橋くんの肩に優しく手を掛け、私は言いました。

「はい」

顔を上げた高橋くんは、頷いて力なく笑いました。


日が暮れると、昼間の暑さはいくらかおさまり、心地よいそよ風が吹きはじめました。今夜のシャルールは、お客様がいつもより少なめで静かな夜でした。

窓側の中央の席では、恋人たちが記念日を祝って乾杯をしていて、カウンターの一番隅の席では、仕事終わりの会社員の方が、お一人でワインと前菜を召し上がっていました。

私はカウンターの中でグラスをナプキンで磨きながら、店内に流れるＢＧＭに耳を傾けていました。今、ちょうどドビュッシーの「月の光」が流れはじめたところです。ピアノが奏《かな》でる旋律の美しさに、うっかりと手を止めて聴き入ってしまいそうです。

静寂を破るように、ドアのベルが鳴りました。

「いらっしゃいませ」

私は我に返り、グラスを棚に戻しカウンターから出ました。すると、僅かに開かれたドアから、若い男の人が顔を出しました。

「あの、すみません、ちょっとお尋ねしたいんですが」

控えめな態度で、その男性は言いました。

「はい」

私はドアの前まで行って立ち止まりました。

「こちらのレストランに、白いスープはありますか？」

「白いスープ……ですか？」

突然の男性の質問に私は言葉を詰まらせてしまいました。すると男性は一歩中へ入り、付け足すように話しました。

「すみません、名前はわからないんですが、白っぽくてとろみのあるスープなんです」

今日のメニューにあるものは、オシュポ（フランドル地方のポトフです）と、サン・ジェルマン風ポタージュ（グリンピースのポタージュです）でしたので、どちらも白くはありませんでした。

「そういったスープは、本日のメニューにはないのですが……」

「そうですか……」

私の言葉に男性は肩を落とし、一歩後ずさりながらドアの取っ手に手を掛けました。帰ろうとする男性に、私は咄嗟《とっさ》に声をかけました
「もしよろしかったら、そのようなものがお作りできるかどうか、シェフに聞いてまいります。どうぞ、中にお入りになってお待ちください」

「すみません、ありがとうございます」

男性は頭を下げて、一度外に出ると、今度は車椅子を押して店に入ってきました。車椅子には、優しそうな表情の小さな老婦人が乗っています。

私は急いで厨房に行き、城田さんに事情を説明しました。状況を理解した城田さんは、お客様に直接話を聞きたいと言って客席のほうに移動しました。

「お待たせいたしました。料理長の城田です」

城田さんが男性と老婦人の前に立ち、ご挨拶をします。

「すみません、突然。僕は榎並《えなみ》と申します。無理なお願いということは承知なんですが、こち

らの女性が昔、フランスで食べたという、白いスープを作っていただけないでしょうか」

榎並さんとおっしゃるその男性は、車椅子に乗った老婦人の肩に左手を載せ、城田さんに言いました。城田さんは老婦人の目線の高さになるようにしゃがみ、老婦人に問いかけました。

「その白いスープは、どんな味だったか覚えていらっしゃいますか?」

老婦人は目を閉じながら頷き、ゆっくりとした口調で語りました。

「ええ、はっきりと。とろみのついた甘いスープだったわ。甘みの中に、少しほろ苦さも口に残るような……でも、何の食材で作られていたのかわからないのよ」

「スープに、何か具材は入っていましたか?」

「いいえ、お肉も、お魚も何も入っていなかったわ―」

城田さんは顎《あご》に右手を当て、頭の中にある数えきれないほどのレシピの中から答えを探すように、考え込みました。

「そうですか……。ヴィシソワーズではありませんか? ジャガイモを漉《こ》した冷製のポタージュなんですが」

「そのスープも以前、別のレストランでいただいたのですが、違ったみたいで……」

老婦人の代わりに、榎並さんが答えました。それを聞き、城田さんはもう一つ質問しました。

「フランスのどちらで召し上がったんですか?」

「それが思い出せないのよ。若いころに、フランスに旅行に行ったんですけどね、都会の方から田舎《いなか》まで色んなところを回ったので、そのスープをどこで食べたのか……」

「うーん……」

城田さんは頭を抱えてしまいました。城田さんも若いころ、フランス中を回りそれぞれの地方料理をたくさん習得していましたので、場所がわかれば何か手がかりになったかもしれません。悩む城田さんを見て、榎並さんは懇願するように言いました。

「近くのレストランはすべて回ったんですが、見つからなくて……どうか、お願いします！ここが最後なんです！」

榎並さんの目は力強く城田さんをみつめ、どこか切迫したようなものを感じました。その言葉に城田さんは困ったように黙り込んでしまいました。

すると老婦人はそんな空気を断ち切るように、横にいる榎並さんの袖をつかんで言いました。

「もう大丈夫よ、榎並くん。私のわがままに付き合わせてしまってごめんなさい。シェフさんたちも、いきなり来て無理なお願いをして、すみませんでした。もう、失礼しますね」

老婦人は車椅子の車輪に手を掛け、方向転換しようと自分で動かしはじめます。榎並さんはそれを手伝い、車椅子のグリップを握りました。

帰ろうとする二人の背中を見ながら、城田さんはすくっと立ち上がりました。

「……少し、時間をくださいませんか？　ご期待通りのものが作れるかはわかりませんが、できる限りのものをお作りします」

後ろからかけられた城田さんの言葉に、驚いた榎並さんが振り返ります。

「いいんですか？」

私はその場を繋ぐように、榎並さんに言いました。

「それまで、こちらでお食事されてはいかがですか？　シェフの作る料理は、どれも美味しいですよ」

「そうしましょうか、榎並くん。私、お腹《なか》が空いてしまったわ」

老婦人は嬉しそうに榎並さんを見上げました。その笑顔に、榎並さんも微笑みを返します。

「はい。無理を言ってすみません、よろしくお願いします」

榎並さんが深く城田さんに頭を下げました。目をきつく瞑《つむ》り、両手のひらを強く握ったまま頭を下げ続ける彼の様子に、私と城田さんは一瞬目を合わせました。

「かしこまりました。しばらくお待ちください。あと、何か思い出されたら、小さなことでもいいので教えてください」

城田さんは前屈みになって老婦人に言いました。

「ええ、わかったわ」

老婦人は落ち着いた様子でゆっくりと頷きます。

「では、こちらへどうぞ」

私は入り口から一番近いテーブル席へと二人をご案内しました。テーブルの片方の椅子を取り、カウンターの横へ並べました。椅子の空いた席へ、榎並さんが車椅子を押していきます。

「素敵なお店ね」

席に着いた老婦人は、私を見上げて言いました。

「ありがとうございます」

私は小さく頭を下げます。老婦人は首を動かし、店内を見渡しました。

「主人と行ったフランスのレストランを思い出すわ」

「ご主人と行かれたのですね」

榎並さんがテーブルを回って向かいの席へ腰をかけます。

「ええ、今はもう事故で亡くなってしまいましたけどね。本当にいろんなところへ連れて行ってくれたわ」

瞳の奥に思い出を輝かせながら、懐かしむように話す老婦人に私は頷きました。

「そのころは私も、こんな足ではなかったのよ。主人が亡くなった、交通事故に遭《あ》うまではね」

そう話すと、老婦人は車椅子を少し引いてご自分の足を私に見せました。

「人生、何が起こるかわからないものね。この歳になっても……。でも、いいことも悪いことも、すべて神様が導いた運命だわ」

老婦人は今も、昔も、そしてこの先も、ご自分の運命をすべて受け入れているような、穏やかな瞳をしていました。しかし、そう語る老婦人の向こう側では、榎並さんが俯き、曇《くも》ったような表情をしていたのも私は見逃しませんでした。

「こちら、メニューになります。お決まりになりましたら、お呼びください」

私は二人にメニューを渡し、厨房へと向かいました。


厨房では、スープのことを城田さんが必死に考えていました。

「白くて……とろみのある……」

「何か思いつきましたか?」

私は腕を組んで呟いている城田さんの背後から話しかけます。

「いや、さっぱりだよ。とりあえず今ある食材で、それらしいものを作ってみるしかないな。自慢のメロンのスープも、今日は出せないし」

そう言って城田さんは高橋くんをちらっと見ます。まだ昼間の一件を根に持っているようです。しかし高橋くんはカウンターのお客様のメイン料理を作るのに集中していて聞こえていないようでした。

「お願いします」

何もできない私は、城田さんに頭を下げました。

「すみません」

客席のほうから、榎並さんの声が聞こえます。

「はい」

私が急いでカウンターに出ると、その前に榎並さんが立っていました。

「申し訳ございません、今、席にお伺いします」

「いえ、ここで大丈夫ですよ。注文いいですか?」

榎並さんは手に持ったメニューを開きました。

「はい、どうぞ」

「卵のムーレット仕立てと、舌平目のフィレを二つずつお願いします」

「かしこまりました」

私はオーダーを書き込んでいると、榎並さんが小さな声で私に言いました。

「あの、また無茶なお願いなんですが、値段はそのままでいいので、量を少なめにしてもらえますか。味は薄くなって構いませんので、塩と、あと油を控えめで作ってほしいんですが……」

「かしこまりました。シェフに伝えておきます」

「本当に、わがままを言ってすみません」

本当に申し訳なさそうに榎並さんが頭を下げます。私は老婦人のほうに目を向け、榎並さんに尋ねました。

「いいえ。あの、余計なことかもしれませんが、どこかお悪いのですか？」

私の言葉に、榎並さんの顔色がまた若干曇りました。そして黙ったまま、車椅子で背中を丸めて外の景色を眺めている老婦人を見つめました。

「……彼女、末期がんなんです」

榎並さんが私のほうに向き直ります。

「僕は、彼女が入居している施設の介護士なんですが、そのスープよほど美味しかったんでしょうね。いつもその話をしていて、口癖のようにもう一度あの味を食べたいわっておっしゃっていて……。僕、どうしても彼女にそのスープを食べさせてあげたかったんです。もう、今度いつ外出できるかわからないので……」

私はやっと、いらっしゃったときに切迫した様子だった理由がわかりました。

「そうだったんですね。シェフも全力を尽くしておりますので、私共もできる限りお手伝いさせていただきます」

私は力強く言いました。本当に、何かお二人の力になりたいと思ったのです。

「ありがとうございます」

榎並さんは笑顔を見せ、席へと戻っていきました。私も厨房に入り、オーダーと榎並さんから言われた内容を、城田さんと高橋くんに伝えます。

私がカウンターに戻ると、榎並さんは老婦人に話しかけました。

「悦子《えつこ》さん、すみません。たくさん連れ回してしまって……疲れましたよね」

老婦人のお名前は悦子さんというみたいです。

「そうね、でもいいのよ。私のわがままに付き合ってくれて、ありがとうね」

「いいえ」

榎並さんは首を横に振りました。

「今日もまた、所長に怒られてしまうわね。帰りが遅いって」

「はい。きっと」

「他のスタッフさんたちも、心配しているかしら」

悦子さんは不安そうな顔で壁に掛けてある時計を見上げます。榎並さんは落ち着かせるように言いました。

「大丈夫ですよ。遅くなりますと連絡はしておいたので」

「そう」

私はウォーターピッチャーを持って二人の席へ行きました。

「お水をお注ぎいたしますね」

私が悦子さんのゴブレットに水を注ぐと、その様子を悦子さんは時をさかのぼるような表情で見つめていました。

「どうかしましたか？」

「今、思い出したわ。スープを飲んだところ、お水がとっても美味しかったの」

悦子さんは私を見上げ、目を見開いて言いました。

「お水ですか」

「ええ。たしかそのとき主人が言ったのよ、ここのお水は日本でも飲めるんだよって。きっと日本に輸出しているのだと思うのだけど……ごめんなさい、とても小さなことだけど、役に立つかしら？」

「シェフに伝えておきますね」

私は悦子さんの話に頷き、榎並さんのゴブレットにも水を注いで下がると、すぐに城田さんのところへ駆け寄りました。

「城田さん、スープを召し上がった場所のこと、少し思い出したそうです」

「何て言ってた？」

「とてもお水が美味しいところで、日本にも輸出しているのだそうですが……参考になりますか？」

私は城田さんの表情を窺いながら聞きました。城田さんは頭の中で情報を自分の記憶と繋いでいきます。

「水……日本にも……そうか、ミネラルウォーターだ」

「ミネラルウォーター？」

「大手飲料メーカーの出している有名なミネラルウォーターだよ。軟水で日本人には飲みやすいんだ。たしか水源地は、オーヴェルニュだ！」

繋がった記憶の答えを、城田さんは思ったよりも大きな声で叫びました。

「オーヴェルニュ地域……たしかミシュランの本社があるところですよね」

「ああ、あそこは良質な地下水が取水できることでも有名なんだ。ミネラルウォーターの水源地も、産業規制までして厳重に保護されているしな。食べた場所がオーヴェルニュだとしたら……」

城田さんがさらに何か思い出したように、息を呑みました。そして視線を移して呟きます。

「そうか、もしかしたら……」

「スープが何かわかったんですか？」

「確証はないが……たぶんあれだ。仕込むのにちょっと時間がかかるな……高橋！　今あるオーダーは任せたぞ！」

城田さんは瞬時に何から始めるかの順番とその時間配分を頭で計算していき、高橋くんに指示を出します。

「はい！」

高橋くんも普段とは違う切れのいい返事で答えます。

「岡ちゃんは、ちょっとでもいいから、話を盛り上げて時間を稼いでくれ！」

「はい、やってみます」

城田さんの指示に、私も頷きます。

「岡崎さん、前菜お願いします」

高橋くんが作業台の上に榎並さんが注文した前菜を置きました。

「はい」

私はそれを右手に持ち、二人の元へ向かいます。

「お待たせいたしました、卵のムーレット仕立てでございます」

私は悦子さんの前に、前菜の皿を置きました。

卵のムーレット仕立てとは、赤ワインで作られたポーチドエッグに、ニンニクのいい香りがするクルトンをのせ、深い赤みを帯びたムーレットソースを上から美しくかけた前菜なのですが、普段はポーチドエッグを二つ載せて完成させるところを、今回は一皿に一つずつの盛りつけになっています。

「まあ、美味しそうね」

「そうですね」

悦子さんがその美しい見た目に声を漏らしました。榎並さんは、喜んでいる悦子さんを見ているのが嬉しそうでした。

「こんな素敵なものをいただいたと知ったら、みんな羨ましがるわね。トキさんだったら、自分も連れて行ってなんて言いだすわ、きっと」

「トキさんはグルメですからね」

二人の会話を聞きながら、私はテーブルを回り、榎並さんの前にも前菜の皿を置きます。

「お友達ですか?」

話題を広げようと思い、(厚かましいかとも思ったのですが)私は二人の会話に入って問いかけました。ですが悦子さんは私の質問に快く答えてくれました。

「ええ、同じ施設の入居者よ。みんな面白いの。とっても賑やかでね」

「楽しそうでいいですね」

「毎日、とても楽しいわ。まあ、榎並くんやスタッフの方たちは、大変でしょうけど」

悦子さんはいたずらっぽく笑いながら榎並さんのほうを見ます。

「僕たちも楽しいですよ。みなさんが元気を分けてくださるから」

榎並さんの穏やかな表情は、その言葉に嘘偽りがないことを示していました。

「すてきな施設ですね」

「そうなの、あなたもいかが?」

悦子さんが首を横に倒して、私を見上げて言いました。

「そうですね……」

私は何と答えたらいいのか戸惑い、言葉を詰まらせてしまいました。

「うふふ、冗談よ。ごめんなさいね」

私を見て悦子さんがくすくすと笑います。

カウンターに戻り、私は二人の様子と、厨房の城田さんの状況を交互に確認していました。城田さんは大きめの鍋で何かを煮込んでいるようです。その横では城田さんに代わってメイン料理を任された高橋くんが真剣に舌平目《したびらめ》をさばいていました。

客席の二人の様子は、特に変わったところはなく、前菜をゆっくりと味わっていました。ただ私が気になるのは、ここにいらっしゃったときから思っていたのですが、榎並さんがあまりにも悦子さんに気を遣っているところです。介護士さんなので当然なのかもしれませんが、悦子さんに向けられた眼差しや、どうしてもスープを食べさせてあげたいという熱意が、ただの施設のスタッフと施設利用者という関係には見えませんでした。何か他に、彼を動かす特別な理由があるような気がしてならないのです。


少しだけ開けている上のほうの窓から、夏の夜風がシャルールに遊びに来ます。風は中央の席に座った恋人たちの頬をかすめ、カウンターにいるサラリーマンの耳元を通って吹き抜けていきました。

「寒くないですか?」

榎並さんが心配そうな顔で悦子さんに聞きます。

「ええ、大丈夫よ」

悦子さんは目で「ありがとう」と言っていました。

控えめな量を時間をかけて食べ終わった悦子さんと、先ほどから空いている榎並さんの皿を下げに私はテーブルに伺いました。

「美味しかったわ」

「ありがとうございます。次の料理をお持ちいたしますね」

私は空いた皿を持って厨房へと運ぶと、高橋くんが急いでメインの皿を私に出しました。

「舌平目のフィレできました！」

突然任されたメイン料理に奮闘しながらも、だいぶ周りが見えてきている高橋くんに成長を感じます。それはきっと私だけではなく、城田さんも気がついているのではないでしょうか。

城田さんに目を向けると、背中を向けて何かを一生懸命に漉しているようでした。

「ありがとうございます」

高橋くん渾身《こんしん》のメイン料理を、私は二人のテーブルへと運びました。

「お待たせいたしました。舌平目のフィレ、ノルマンディー風でございます」

白ワインで蒸した舌平目のフィレに、舌平目の出汁《だし》で火を通したムール貝と小エビを添え、煮汁に卵黄、生クリーム、レモン汁などを加えたソースを上からかけた魚料理です。

「いい香り。私、舌平目大好きなの」

悦子さんは小さく肩を上げ香りを吸い込むと、まるで幼い子供のように笑います。榎並さんの優しい眼差しが、悦子さんに向けられていました。

「ごゆっくりどうぞ」

後ろでカウンターに座っていたサラリーマンの方が立ち上がるのを見て、私は会計台へと向かいました。

会計を終えると、窓から高橋くんが二人の席を覗いていました。自分が作ったメインがお口に合うか心配しているようです。

私も二人の様子に目を向けると、舌平目を口に運んだ悦子さんが、榎並さんと目を合わせて幸せそうに話しているのが見えました。二人の様子を見た高橋くんが小さくガッツポーズをして、厨房へ戻っていきます。

悦子さんは手を止めて、榎並さんに話しはじめました。

「病気になってからかしらね、ふとした瞬間に、よく昔のことを思い出すのよ。主人と行ったフランス旅行や、一緒に暮らした毎日のこと。主人と出会う前のことまでもね、まるで走馬灯《そうまとう》のように」

榎並さんは悲しそうな目をして、無理やり作った笑顔で相槌を打ちました。

「あのスープを飲んだときね、主人が言ってくれたことが忘れられないの」

悦子さんは、店の一番奥にある二人掛けの席を、思い出と重ねて懐かしそうに見つめました。

「地元の小さなレストランに入って、小さなテーブルに向かい合ってスープをいただいたの。そのときの私はね、ずっと落ち込んでいたのよ……私は子供の生めない体だったの」

榎並さんの表情が曇ります。悦子さんは痩《や》せた腕を伸ばしゴブレットを手に取りました。

「それがわかったのは、結婚してからだった。結婚する前から、私は彼の子供を生むのが夢だったの。きっと主人も同じだったと思うわ、子供が大好きな人だったから。でも子供が生めない事実を知って落ち込む私を、元気づけようとしてフランス旅行に連れて行ってくれた」

一口水を飲んで、喉を潤します。

「主人を心配させないように、私は笑っていたつもりだったのだけど、上手く笑えなかったの。主人の気持ちを考えると、苦しくてね……子供の生めない私は、必要とされないいんじゃないかって不安だった」

ゴブレットに入った水を見つめながら、悦子さんの心はスープを飲んだフランスの町へとタイムスリップしていました。

「でもスープを飲んでいる時、主人は私に言ってくれた。『僕はね、君がいてくれたらそれでいいんだよ』って……。

その言葉はね、スープと一緒に私の体の中に染み込んでいったわ。主人の想いに、思わず涙が出たの」

いつの間にか榎並さんはフォークとナイフを皿に置き、真剣に悦子さんの話を聞いていました。

「初めて聞きました」

「ふふ、恥ずかしくてね、誰にも言わなかったわ」

悦子さんは照れているのを隠すように舌平目を口に入れました。

「できた……」

二人がメイン料理を丁度食べ終わるとき、厨房で城田さんは呟きました。

振り返った城田さんと目が合い、私は城田さんに頷きます。

城田さんも頷き、スープを両手に持ち、客席へと出て二人のテーブルへ運びます。

「お待たせいたしました」

城田さんはスープを二人の前にそっとお出ししました。

「白い……」

榎並さんがそれを見て呟きます。悦子さんのほうへ目を移すと、何を心に思っているのかはわかりませんでしたが、彼女は目の前に置かれたスープを瞬きもせず見つめたまま、じっと止まっていました。

「どうぞ、召し上がってみてください」

城田さんが二人に勧めます。悦子さんはゆっくりと皿に置かれたスプーンを手に取り、スープの中へと入れました。持ち上げると、スプーンから溢れたスープがもったりと皿に落ちていきます。

悦子さんは少しずつ顔を近づけ、その小さな口へ運びました。そして目を閉じ、ゆっくりと味を確かめます。その様子を、向かいで榎並さんが緊張した面持《おもも》ちで見つめていました。顔には出していませんが、テーブルの前に立っている城田さんの後ろ姿も、肩に力が入っていたので相当緊張しているのではないかと思います。私も皆さんの後ろに立ち、組んだ両手のひらを強く握りしめました。

悦子さんは再び目を開き、スープを見つめ口を開きました。

「この味……そうよ、これよ！　私があの日飲んだスープと同じ味だわ！」

正面に座る榎並さんの顔が、喜びの表情へと変わりました。城田さんの肩からも力が抜けていくのが見えました。

「こちらのスープはクジナです。お客様が昔行かれた、お水の美味しいというオーヴェルニュ地方の代表的なポタージュです」

城田さんは嬉しそうな顔でスープの説明をしました。悦子さんは顔を上げ、城田さんに聞きました。

「このスープは、何でできているの？」

「こちらです」

城田さんはエプロンの左ポケットに手を入れ、手のひらに何かをつかんで二人の前に出しました。そしてゆっくりと開かれた手の中にあったのは……

「栗？」

榎並さんが驚いたように城田さんの手のひらに顔を近づけます。握られていたのは、一つの小さな栗の実でした。

「はい。栗の実を野菜と一緒に煮て、裏漉しし、生クリームと卵黄でとろみをつけたものです」

悦子さんは城田さんの話を、何度も頷き聞いていました。それからもう一度スープに視線を向け、愛おしそうに眺めながら言います。

「そうだったの……。でもよく今の時期に栗なんてあったわね」

城田さんはちょっと悔しそうな顔で笑いました。

「これはある馬鹿者が、材料を間違えて発注したものです。でもそのおかげで、このスープを作ることができました。もし今日栗がなければ、ご満足いただけるものができませんでしたから」

悦子さんがカウンターの奥の窓のほうを見ると、そこから様子を窺っていた高橋くんが自分に視線が向けられていることに気がつき背筋を伸ばしました。悦子さんはにこやかに高橋くんに向かって小さく頭を下げると、高橋くんも会釈を返します。

「ありがとう、本当に美味しいわ」

今日シャルールに来てから、一番の笑顔で悦子さんは城田さんを見上げました。

「ありがとうございました」

榎並さんは椅子から立ち上がり、深く、深く城田さんに頭を下げました。

「ありがとうね、榎並くん」

きれいに食べ終わった空のスープ皿を愛おしく見つめて、悦子さんは言いました。

「もう二度と、この味には出会えないと思っていたわ。死ぬ前にもう一度、このスープを飲むことができるなんて……もう思い残すことは何もないわ」

諦めかけていたスープとの思いがけない再会に、悦子さんは満ち足りた瞳を榎並さんへ向けました。

「本当にありがとう」

榎並さんが嬉しそうに首を横に振ります。その笑顔に、なぜか悦子さんは悲しそうな顔をして微笑みました。

「……あともうひとつ、あなたに謝らなければいけないことがあるのよ」

「なんですか？」

「ごめんなさいね……今までずっと、私があなたを縛りつけていたこと」

「……どういう意味ですか？」

榎並さんは悦子さんの言葉の真意が理解できないように戸惑っていました。その先を言おうか、どうしようか悩んだ様子で、悦子さんは一度口を噤みましたが、決心したように再び口を開きました。

「あなたが施設に来たのは、あの事故の償《つぐな》いをするためだったのでしょう？　だからずっと、私のそばにいてくれたのよね」

悦子さんの言葉に、榎並さんの表情は一瞬にして凍りつき、黙り込んでしまいました。それは榎並さんにとって、予想外の言葉のようでした。彼は視線を落とし、悦子さんが座る車椅子をただ見つめます。しばらくの沈黙のあと、榎並さんは呟きました。

「……知っていたんですか」

「……前に施設のスタッフから聞いたのよ。あなたには絶対に言うなと言われていたんですけどね」

榎並さんは下を向いたまま動きませんでした。その姿に、心を痛めたように悦子さんの声が小さくなります。

「ずっと不思議だったの。どうして血の繋がりも何もない私に、なぜあなたはこんなにも、まるで家族のように親切にしてくれるのか」

悦子さんは優しく榎並さんに言います。

「責任を感じることなんて何もないのよ。あなたが事故を起こしたわけではないのだから……」

「違うんです、悦子さん」

榎並さんは悦子さんの言葉を遮るように顔を上げ否定しました。

「僕が運転していなかったにしても、僕もあのとき車に乗っていた。僕が事故を起こしたも同じなんです……」

　かすれる声で、榎並さんは真実を口にしました。そして、ずっと心に眠らせていたその日のことを思い返すように、彼はきつく目を閉じました。

「あの日、夜だったし人気《ひとけ》の少ない道だったので、運転していた僕の友人は速度制限を大幅に無視したスピードで走っていました。僕が注意しても聞く耳を持たず、どうせ誰もいないからと言って……」

　榎並さんは血が滲むほど強く唇を噛み締めます。

「そして彼は、止まっていた車の脇から出てきた悦子さんと旦那さんにぶつかり、あなたの足と旦那さんの命を奪ってしまった……」

　悔やんでも悔やみきれない表情で、榎並さんはゆっくりと目を開きました。

「なのにあいつは、あなたに莫大《ばくだい》なお金だけ渡し、無理やり示談に持ち込んだ。彼は資産家の息子で、昔から甘やかされて育ってきたから……。だけど僕はその後のことが気になって、悦子さんのことを調べたんです。そこで初めて知りました。あの事故以来、悦子さんが車椅子生活を送っていること、身寄りがいなくて、家を売って施設に入ったこと」

　膝に乗せた榎並さんの拳に力が入り、榎並さんの肩は小刻みに震えはじめました。

「すべて僕のせいです。あのとき僕がもっと強く彼に注意していたら、こんなことにはならなかったのに……悦子さんの自由と、たった一人の家族を奪うこともなかったのに……」

その出来事は、今までどれほど重く彼の心を押しつぶしていたのでしょう。後悔の念に駆られる榎並さんを目の前にして、悦子さんも苦しそうに彼の話を聞いていました。

「悦子さんのために、何か僕にできることはないかって、何日も考えました。亡くなった人を生き返らすことはできないけど、代わりにそばにいてあげることはできるんじゃないかって思ったんです。もちろんそんなことで、犯した罪が償えるとは思ってはいません。でも、少しでも悦子さんの生活の支えになれたらって……仕事の合間に勉強をして、介護福祉士の資格を取りました。それから無理を言ってあの施設で働かせてもらいました。だけどそこに、悦子さんはいなかった。スタッフにあなたが病気で入院していると聞いて、僕は愕然《がくぜん》としました。度重なる不幸もすべて、僕が呼んでしまったかのようだった」

何もかも自分のせいだと思い込む榎並さんに、悦子さんは強く首を横に振りました。悦子さんを見て、彼は痛みを抱えながらも僅かな希望の光を見つけたように微笑みました。

「でも悦子さんは、施設に戻ってきてくれました。そこで初めて悦子さんと生活して、悦子さんの優しさに触れて、旦那さんのお話をたくさん聞いて……僕が奪ってしまったものの大きさを、改めて思い知りました」

爪の跡が手のひらにくっきりと残るほどきつく握りしめていた拳を開いて、榎並さんは力なく自分の手を眺めて言いました。

「それは何にも変えられない、かけがえのないものでした。悦子さんの自由も、時間も、そして大切な人も……。僕が一生懸《か》けたって取り戻すことはできないものでした……」

形なきものの価値の重さを、本当に理解している人はこの世界にどれほどいるのでしょうか。きっと多くはないと思います。それに気がついた彼は、変えることのできない現実を一体どんな気持ちで受け止めたのでしょう。

悔しさの滲む瞳が、私の心をきつく締めつけました。

「それでもやっぱり、僕には近くにいることしかできないから……。だから決めたんです。最《さい》期《ご》まであなたのそばにいること。それは施設に来て、今の悦子さんと出会って、心から僕がそうしたいと願ったことなんです」

無力な自分と、現実に向き合う強い、強い意志が彼の言葉に溢れていました。

「ですから……縛りつけていたなんて言わないでください」

涙の揺れる眼差しで、榎並さんはまっすぐに悦子さんを見つめて呟きました。

榎並さんの思いを吸い込むように、悦子さんは大きく深呼吸をして呼吸を整えると、視線を下げてゆっくりと語りだしました。

「主人が死んでしまってから、私は一人ぼっちになったわ。両親はもう亡くなっているし、私と主人の間には子供もいなかったから。だけどこの足じゃ、とても一人では生活できなかった。だから施設に入ったの。お金はたくさんもらっていたから」

悦子さんは皮肉っぽく笑います。

「あの施設は、自分で歩くこともできない私を、温かく受け入れてくれた。お友達もたくさんできたわ。ああ、私は一人じゃないんだと思えたの」

施設の人々の温かさが悦子さんの言葉にまで滲み出ていました。それは孤独の淵《ふち》に立たされていた彼女に訪れた本当の安らぎだったのでしょう。

「でも幸せはつかの間だった。がんを告知され、入院して治療に専念することを勧められたわ……だけどね、私が怖かったのは、死ぬことよりもまた一人ぼっちになることだったのよ。だって入院してしまったら、お見舞いに来てくれる人もいないでしょう？

それが嫌で施設に戻ったのよ。どうせ死んでしまうのなら、最期くらい一人で寂しく死ぬよりも、みんなに看取《みと》られながら終わりたいじゃない？」

すべてを受け入れた悦子さんは、悲しみを乗り越えた顔で榎並さんに笑いかけます。

「そしてあなたが私の前に現れた。あなたが施設に来てくれてから、私に残された時間は、私が考えていたよりもはるかに幸せな時間だった」

悦子さんは目を閉じて、彼と過ごした優しいひと時をまぶたの裏に思い浮かべているようでした。

「あなたはまるで実の息子のように、私に尽くしてくれた。温かく、優しく。だから私も甘えてしまっていたの」

小さく肩を上げて笑う悦子さんを見て、榎並さんの唇は震えていました。

「人生の最後に、こんなに穏やかな時間が過ごせるなんて、夢にも思っていなかったわ。すべてあなたのおかげよ。だからもう十分」

悦子さんは感謝に満ちた表情でその細い腕をテーブルに載せ、榎並さんに手を差し出しました。戸惑いながらも、榎並さんはその手のひらに震える自分の手のひらを重ねました。

「あなたは、あなたの人生を生きていいのよ」

悦子さんは本当に伝えたかった言葉を、優しさに溢れる声で彼に贈りました。

榎並さんの目から、大粒の涙が溢れます。

「ごめんなさい。本当はもっと早く、あなたを自由にしてあげるべきだったのよね。だけど……私も言えなかったの」

悦子さんの目にも、じわじわと涙が溜まりはじめていました。

「だって、本当にあなたと過ごす時間が楽しかったのですもの。きっと、心のどこかで自分の息子のように思っていたのかもしれないわね。私も主人も、本当に子供が欲しかったから……」

言葉にできないたくさんの思いを込めて、悦子さんはもう片方の手で榎並さんの手を優しく包み込みます。

「老い先短い年寄りのわがままを、許して頂戴《ちょうだい》ね」

悦子さんは温かい涙を瞳に溜めたまま、いたずらっぽく笑いました。


榎並さんと悦子さんの帰り際、誰もいなくなった店内に城田さんも高橋くんも厨房から出てきて、私たちは揃ってお見送りをしました。

「本当にありがとうございました」

榎並さんがまた私たちに深々と頭を下げて言いました。もう私たちは彼に同じ言葉を数えきれないほどいただいていたのですが。すると悦子さんが自ら車椅子を押して城田さんの前まで行き、ゆっくりと手を差し伸べました。城田さんは屈んで、彼女の手を優しく握りました。

「あなたのおかげで、私の人生、後悔はないって胸を張って言えるわ」

悦子さんの瞳は生き生きとして、入店したときよりも若返ったようにさえ見えました。

「力になれて光栄です」

城田さんも嬉しそうに笑いました。

「あと、少しおっちょこちょいなシェフさんのおかげでね」

悦子さんが隣に立っていた高橋くんをちらっと見て笑いかけました。

「恐縮です」

高橋くんは照れ笑いをしながら小さく頭を下げます。

そして榎並さんは悦子さんの車椅子を押して夏の夜風に包まれた街へと歩いていきました。

その後ろ姿は、もうずっと前から一緒に歩んできた本当の親子のように、私には見えたのでした。

二人の答え

吹き抜けてゆく風は少し冷たく、果てしなく続く青空に吸い込まれて行きました。まさに、天高く馬肥《こ》ゆる秋。

日ごとに夕暮れ時が早くなり、澄んだ空気の中に溶けていく夕日と、秋の匂いがどこか切なさを感じさせるこの季節、シャルールにもまた、浮かない顔をした一人の青年がおりました。

「はあ……」

ビルの間に沈んでゆく夕日を見つめながら、思わずため息を漏らしたその青年の名は、高橋くん。

「何て顔してんだ、お前は！　そんな顔で客を迎える気か！」

城田さんは、読んでいた分厚い食品カタログを高橋くんの頭に叩きつけました。

今日は早々に開店準備が終わり、お店を開けるまでの時間、私たちはしばしゆっくりと過ごしていました。

「……すみません」

高橋くんが頭をさすり、暗い表情で呟きます。いつもなら、「痛いっすよ！」とか言って飛び上がるのに、やはり今日の彼は様子がおかしいようです。

「どうかしましたか？」

私は俯き気味の彼に問いかけました。すると高橋くんは、神妙な面持ちで答えました。

「いえ、ちょっと危機的状況って言うか……あ、個人的な話なんですけどね」

「わかった！　さてはお前ギャンブルで大負けしたな？　競馬か？　パチンコか？　ん？」

なぜか楽しそうな顔で、城田さんが高橋くんを覗き込みます。

「違いますよ！　ギャンブルなんてしてる暇ないっすよ」

城田さんを避けるように、体をのけぞらせて高橋くんは否定しました。城田さんはあからさまにつまらなそうな顔でカタログをめくりはじめます。危機的状況？　それはつまり……私は不安になって聞きました。

「ご家族の方、ご病気でも……」

すると高橋くんは慌てて両手を横に振りました。

「それはないです！　親父《おやじ》もお袋《ふくろ》もぴんぴんしてますから！」

考えていた危機的状況ではなくて、私はひとまず安心しました。しかし城田さんは痺《しび》れを切らして怒鳴ります。

「じゃあなんだよ！」

まさかここまで問い詰められるとは思っていなかった高橋くんは、ためらいながら、小さな声で答えました。

「あの……彼女を怒らせちゃって、もう一週間も連絡が取れないんすよ」

高橋くんの返答に、城田さんが目を丸くします。

「お前、彼女なんていたのかよ」

「俺にだって彼女くらいいるっすよ！」

城田さんの言葉にむきになって高橋くんが怒りました。確かに、高橋くんから自分の恋人の話題が出たのは初めてのことでした。城田さんが驚くのも無理はありません。私はなんとなく気づいていたのですが。しかし今は、彼女がいる、いないの話ではなく、なぜそうなったかということが問題です。

「何があったんですか？」

私は逸れかけていた話を本筋へと戻しました。高橋くんは困り果てた顔で続けました。

「俺……彼女にプロポーズしようと思ったんです」

「プロポーズ⁉」

高橋くんの口から出た思いがけないワードに、私と城田さんは声を揃えて聞き返しました。

城田さんに至っては、話が急すぎてもはやついて行けていない様子です。しかし、逆に不思議そうに高橋くんは私たちを見ました。

「え、そんな驚きます？」

「お前、本気かよ？」

城田さんは冗談を言っていると思っていたようですが、高橋くんは真剣そのものでした。

「当たり前じゃないっすか！　俺、最近仕事ばっかりで、しばらく彼女と会う時間が取れなくて……そんなとき思ったんです、俺には彼女が必要なんだって！　それで、すぐにでもプロポーズしようと思って」

会えない時間が愛を育《はぐく》むとはこういうことなのでしょうか。高橋くんの説明では、結婚までの経緯が少々急な展開のように思えますが、まあそれが彼の中でのタイミングだったのでしょう。そのタイミングは人それぞれですので、私たちの理解の範疇《はんちゅう》ではないのかもしれません。

「どうして彼女さんは怒ってしまったんですか？」

話を聞く限り、怒り出す方向には行かないような気がします。

「それが……」

高橋くんはなんともいえない表情で、その日のことを語りだしました。

一週間前の夜のことでした。

暗い夜道を、待ち合わせしているレストラン目指して高橋くんは走っていました。彼のジャケットの内ポケットの中には、途中で立ち寄った小さな宝石店で買った指輪を忍ばせていました。指輪についている小さなダイヤに、必死でかき集めた彼の全財産を懸けたのだとか。

彼女と離れていた時間の中で彼女の大切さに気づかされ、プロポーズを決意した高橋くんは、思い立ってすぐに舞台を整えようとレストランを予約したそうです。そこは彼女が前から行ってみたいと話していた場所で、若者でも入りやすいカジュアルな店構えながら、本格的な西洋料理と、種類豊富なお酒を取り扱っている、メディアでも評判のレストランでした。彼がそこを選んだのには、そのレストランが深夜営業をしているという理由もありました。高橋くんは、シャルールがある土曜日以外は、町の大衆食堂の厨房で働いていて、彼女と休みが重なることがなく、会うのはいつも仕事が終わった夜遅くだったそうです。

その時点で予約が取れる一番早い日にちを聞いたところ、次の土曜日の夜十時が最短だと言われ、高橋くんはすぐに予約を取りました。そして彼女に、来週の土曜日は絶対に空けておいてと強く念を押して伝え、準備は万端に整ったかのように思われました。しかし当日の土曜日、彼にとって思いがけないことが起こったのです。

この日のシャルールは、開店からお客様の絶えない一日でした。それでも一通りお客様の食事が終わり、閉店時刻には帰れると、高橋くんだけでなく誰もが思っていたとき、ラストオーダー直前の時刻に続けざまに三組のお客様が来店したのです。その影響で三十分ほど閉店時間を延長していました（閉店時間は一応設けているのですが、基本的にお客様にそれぞれのペースで食事を楽しんでいただき、お帰りになるまでの時間、店は開けています）。そのお客様が帰ったあとに片づけをしていると、気がつけば予約時間の十分前になっていました。

というわけで、夜の街を高橋くんは全速力で駆け抜けていたのです。走りながら左手に着けた腕時計を見ると、時刻は二十二時十五分。彼はさらにスピードを上げました。

一方同じころ、憧れのレストランに先に入って待っていた彼女もまた、腕時計を見ていました。眉間にしわを寄せて、窓の外の様子を窺います。一人、予約席に案内されてから待つこと二十分。彼女はテーブルに頬杖をついて、小さくため息を漏らしました。この様子からすると、彼が遅れてくるのは珍しいことではないようです。そこに、バタバタと店内に足音を響かせてようやく高橋くんが到着しました。

「遅い」

冷めた目で高橋くんを見ながら、低い声で彼女が呟きます。彼女の視線にはまるで気づかない高橋くんは、乱れた呼吸のまま向かいの椅子を引いて腰を下ろしました。

「ごめん、仕事が長引いちゃって……」

いつも通りの理由に、彼女はもはや耳を傾けてはいませんでした。

ようやく、かなり遅めの晩餐会が始まりました。料理は評判以上に美味しく、彼女の機嫌はちょっとだけ直ったようでした。食べ進める彼女の向かい側で、高橋くんはずっとそわそわしていました。実はこの男、プロポーズするタイミングも、言葉も、何一つ考えていなかったことに今気がついたのです。食事の途中も、彼女の話には空返事で頭の中ではずっとプロポーズの台詞《せりふ》を必死に考える高橋くん。しかし切り出すタイミングもつかめず、ディナーは終盤に差し掛かっていました。

しどろもどろな彼を、彼女は若干不審に思いながらも、気にしないようにして食事を楽しんでいました。途中で彼女は何度もチラチラと腕時計を気にしていました。そんな彼女の様子を、自分のことで精一杯だったこのときの高橋くんはまったく気がつきませんでした。

食事を食べ終わってしまい、心の準備がまだできていなかった高橋くんは時間稼ぎのためにエスプレッソを注文したそうです。時刻は二十三時五十分。この時の高橋くんに、エスプレッソのコク、苦味、そして口の中でクレマ（珈琲の表面にあるクリーム状の泡です）と混ざり合ってまろやかになるあの瞬間を楽しむ余裕があったかどうかはわかりませんが、高橋くんは日付が変わったらプロポーズしようと心に決めました。そしてその時は刻々と近づいていました。

高橋くんは店の時計を瞬き一つせずに見つめます。秒針が二十四時を刻む五秒前、心の中でカウントダウンが始まりました。

5、4、3、2、1……

「あのっ」

カシャン！

高橋くんの言葉は、彼女が飲み終えたデミタスカップを勢いよくソーサーに置いた音で掻き消されました。その荒々しい勢いのまま、彼女は椅子から立ち上がりました。

「帰る」

彼女は一言呟くと、ハンドバッグをつかみます。

「へ？」

拍子《ひょうし》抜けした彼は、思わず高い声を出してしまいましたが、彼女は背を向けて歩きだしました。

「ちょっと待って、どうしたの」

慌てて高橋くんも立ち上がり、彼女を呼び止めます。その言葉に彼女は立ちどまり、怪訝《けげん》そうな顔をして振り返りました。

「どうしたの？」

高橋くんの言葉を疑問形で彼女が繰り返しました。そう、その一言は彼女の逆鱗《げきりん》に触れたのです。

「……昨日は何日？」

沸々《ふつふつ》とこみ上げる怒りをなんとか自制しながら、できるだけ落ち着いた声で彼女は聞きました。

「昨日？　えっと……十月の二十……五？　いや、十二時過ぎたから、二十六日か？」

突然の彼女からの質問に、わけがわからないまま答える高橋くん。しかし自分の言った返答に、引っ掛かりを感じます。……ん？　十月二十六日？

「あ」

謎が解けた瞬間、高橋くんの口から思わず声が漏れました。

十月二十六日は、彼女の誕生日だったのです。

彼女は机に置いてあった伝票を手に取り、顔の横にかざして、他人行儀に微笑みました。

「さようなら」

瞬時に真顔に戻ると、また背を向けて会計のほうに歩きだしました。

「ちょっ、ちょっと待って！」

追いかけようとした高橋くんは、机の脚に思いっきり足を引っ掛けて、まるでドラマのように派手に転びました。倒れる高橋くんに見向きもせず、彼女は会計の台に伝票を載せます。足を引きずって後ろから必死に追いかけてくる高橋くんを手で指して店員さんに言いました。

「彼が払います」

そのまま彼女は出口に向かい歩きはじめます。

「麗奈《れな》、話聞いて……」

彼女を追いかけて出口に向かった高橋くんは、彼女の腕をつかもうと手を伸ばした瞬間、逆に自分の肩に店員さんの手が掛けられました。

「お客様、お支払いはこちらです」

「……はい、すみません」

笑顔で言う店員さんに、高橋くんは泣きそうな顔で謝りました。

会計を終えて急いで外に出ると、彼女の姿はもうどこにもなかったそうです。


「それはお前が悪い」

高橋くんの話の概要を聞いて、城田さんは考えることなく結論を出しました。

「……ですよね」

肩を落としながら自分でも非を認める高橋くんに、城田さんはさらに追い討ちをかけます。

「彼女の誕生日を忘れるとかありえないだろ。その歳の誕生日は年に一回しかないんだぞ？　それを祝ってあげないなんて、最低だな」

高橋くんの背中がどんどん小さくなっていきます。私は城田さんの言葉にちょっと驚きました。

「意外ですね。城田さんがそんなに奥様の誕生日を大切にしていたなんて。記念日とかそういったものを気にも留めない方だと思っていました」

するど城田さんは「わかってないな」というように首を横に振ります。

「ウチの奴の誕生日なんか覚えてねぇよ。だけどな、娘が生まれてから誕生日ってもんがどれだけ大切なのかわかったんだ。だって娘がこの世に生まれた素晴らしい日だぞ？　その日が毎年訪れて、一歳、二歳と大きくなっていって……ああ、もう誕生日に仕事で俺が一緒にいられないなんて、考えただけでも悔しくて泣けるな」

なんだか話が微妙に違う気もしますが、城田さんは本当に泣きそうな顔をしています。助けを求めるように、高橋くんは顔を上げて私を見ました。

「でも、誕生日忘れたくらいで一週間も連絡を無視するなんて、怒りすぎだと思いません？　岡崎さんならどうっすか？」

最近の若者たちの恋愛感情を、五十代後半の私が理解できるとは思いませんが、私なりに彼女さんの気持ちを考えてみました。

「私の場合は、もう誰かに誕生日を祝っていただくような歳ではありませんからね。だけど彼女さんはきっと、高橋くんが彼女さんを大切に思うように、大切な人に誕生日を祝ってもらいたかったのではないでしょうか」

「さすが岡ちゃん。女の気持ちもわかってるねぇ」

城田さんが腕を組みながら頷きます。

「それに、多分彼女さん、期待していたと思いますよ。自分の誕生日に絶対予定を空けておいてと言われて、行きたかったレストランに招待されるんですからね。普通祝ってもらえると思いますよ、誰でも。それがおめでとうの一言もないうえに、最初から覚えていなかったなんて知ったら、余計にショックは大きかったでしょうね」

「確かに」

城田さんの同意を得たところで高橋くんを見ると、彼は青ざめた表情で凍りついていました。どうやら止《とど》めを刺したのは私のようでした。

「俺……そんなひどいことしてたんっすね……」

高橋くんが弱々しい声で呟きます。私ははっきり言いすぎてしまったことを反省しました。

「だいたい、なんで他のレストランなんだよ。ここに呼べばよかったじゃねーか！　そういえばお前、一回も連れてきたことないよな？」

城田さんが不機嫌そうに高橋くんを問い詰めます。すると高橋くんは怒ったように反論しました。

「連れてくるわけないじゃないっすか！　嫌ですよ、絶対」

「なんでだよ、俺らに紹介できないような彼女なのか？」

「そんなことないです！」

高橋くんが力強く否定します。そして彼女さんのことを思い浮かべると、彼は自然と愛おしそうな表情で口を開きました。

「彼女は本当にしっかりしてて、綺麗で、頭も良くて……俺にはもったいないような人です」

「じゃあ何で嫌なんだよ」

ますますわけがわからないように城田さんが尋ねます。理由を口にするのが嫌な様子の高橋くんは、ふて腐《くさ》れた様に言いました。

「だって……城田さんの料理なんて食っちゃったら、もう俺の作ったものなんて食ってくれなくなりますよ！」

なるほど。彼は城田さんの作る料理のあまりの美味しさに嫉妬《しっと》していたようです。高橋くんを見ていると、不器用ですが、本当に彼女さんのことが好きなんだなぁと私は可愛らしく思いました。彼を応援したいと思ったのです。

「では、高橋くんが作った料理を食べてもらってはどうですか？」

「え？　いや、だって、俺が作った料理なんてまだ店で出せるようなレベルじゃ……」

突然の私の提案に、高橋くんは驚いて言葉を詰まらせ、首を横に振ります。私は城田さんのほうを見ました。

「店が閉まってからなら、出しても構わないんじゃないんですか？　ね、城田さん」

「どういうことだよ、岡ちゃん」

「営業時間が終わってから、彼女さんをお店にお呼びするんです。それなら、お店も貸切にできますし、高橋くんが美味しい料理を作って、彼女さんの誕生日をやり直してあげるのですよ」

私の話に、真っ先に飛びついたのは城田さんでした。

「いいじゃねーか！　うまく仲直りできたら、そのままプロポーズまで持っていけよ！」

城田さんは高橋くんの背中をバンバンと叩きます。城田さんの勢いに圧倒されながらも、高橋くんは申し訳なさそうな顔をして私を見ました。

「でも、いいんすか？　営業時間外にお店をお借りしても」

私は少し得意げに微笑みます。

「危機的状況なら、仕方ありませんよね。私もお会いしてみたいですし、彼女さんに」

「ありがとうございます！　俺、もう精一杯頑張ります！」

いつものように、いや、いつも以上にテンションが上がった高橋くんは、先ほどまでの姿が嘘のように力強く意気込みました。嬉しそうな高橋くんに、後ろから城田さんが釘《くぎ》を刺します。

「その前に、今日もしっかりやってくれよ」

「はい！　食材、確認してきます！」

珍しく威勢のいい返事をして、高橋くんは厨房へと走っていきました。その後ろ姿を見ながら、城田さんはため息混じりに言いました。

「まったく、優しいよなぁ岡ちゃんは」

「……高橋くんに、私のような後悔をしてほしくないだけですよ」

うきうきする彼の背中を見つめていると、頭の中に眠っていた遠い昔の記憶が蘇ってきて、私は勝手に過去の自分の姿と重ね合わせていました。

「ん？　何かあったのかよ？」

「いえ、何でもありません。上手くいくといいですね」

「まあこればっかりはあいつの腕と根性次第だな」

その通りなんですが、親心のようなものなのでしょうか。高橋くんを見ているとやはりどこか不安を感じてしまいます。

「何か少しでも力になれるといいんですけど」

「そうだなぁ、俺たちにできることって言ったら……」

城田さんは何か企《たくら》んだように、にやっと笑って私を見ました。


一枚、また一枚と落ちてゆく枯葉が、カサカサと音を立てながら風に吹かれて裏通りを寂しそうに渡っていきます。

高橋くんの仲直りと再プロポーズ作戦の計画をしてから、さらに一週間が経ちました。いよいよ今日は作戦の実行日です。

「彼女さんとは連絡取れましたか?」

お店に来てからずっと落ち着きのない高橋くんは、何度も何度も厨房の台を念入りに拭いていました。

「相変わらず返答はないっすけど、何度もメールして、留守電にも入れて、招待状を手紙に書いて送りました！」

「もはやストーカーだな」

高橋くんの耳に届かないくらいの大きさで城田さんが呟きます。

「……来てくださるといいですね」

今は来てくださるかどうか以前に、しつこさ故に高橋くんが嫌われていないことを祈りましょう。

「もうメニューは決めてんのかよ？」

「もちろんです！　この一週間、真剣に考えましたから」

城田さんの問いかけに、高橋くんは胸を張って言いました。どうやらメニューには自信があるようです。私は少し安心して頷きました。

「さあ、ではオープンしましょうか」

「おう」

城田さんと高橋くんは持ち場へと向かっていきます。

「あ、高橋」

「はい？」

急に呼び止められた高橋くんが、城田さんのほうを振り向きました。城田さんは厨房の隅にある冷蔵庫を親指で指します。

「一番右の冷蔵庫、壊れたみたいで全然冷えねーから今日食材入れんなよ」

「へーい。って、あの紙見たら入れませんよ！」

冷蔵庫のドアには、大きく『故障中』と書かれた張り紙がしてありました。

「いや、今日のお前は浮かれてるから、何しでかすかわからん」

確かに……と小さく心の中で城田さんの意見に同意をしたことは、高橋くんには内緒です。

「仕事はちゃんとしますよ！」

高橋くんは腕まくりをして気合を入れました。


今晩のシャルールは、開店から順調に客足が伸び、閉店時刻が近づくにつれ、少しずつお客様がお帰りになるという、まさに理想的な展開でした。今日は営業を延長することもなく、閉店の時間ちょうどにお店を閉めることができました。ここまでは、神様も高橋くんの一世一代の勝負を応援してくれているかのような筋書きです。あとは、彼女さんがこの店に来てくださることを祈るだけです。

私たちはいつもより急いで後片づけをし、二度目の開店へ向けて準備をしました。高橋くんは先ほどから、無意味にあっちへ行ったりこっちに来たりと店内をうろうろと動き回ります。

平静を装おうとしていますが、不安でいっぱいなのでしょう。

閉店から十五分後、約束の時刻になり私たちはそれぞれの立ち位置でスタンバイしました。

その時刻ちょうどに、お店のドアは試合開始を知らせる運命の音を鳴らしました。

カラン　コロン……

レストラン　シャルール、たった一人のお客様のための、本日二回目のオープンです。

「いらっしゃいませ」

私がお辞儀をして顔を上げると、そこには初めてお会いする高橋くんの彼女さんが立っていました。背が高く、すらっとしたモデルさんのようなシルエットに、栗色のショートヘアが印象的でした。大きな瞳に、形の整った鼻。その顔立ちは知性に満ちてとても美しい人でした。

私の横に立っていた城田さんも、おそらく想像以上の美しさに小さく開いた口が開きっぱなしでした。

「誕生日おめでとう！」

彼女さんが入ってくるなり、高橋くんは大きな声で言いました。背中に隠していたブーケサイズの花束を彼女さんに差し出します。目の前に出された花束を無言で見つめたまま受け取らない彼女さんに、高橋くんは半ば無理やり持たせて、深々と頭を下げました。

「この前はごめんなさい！」

彼女さんはまるで目に入っていないかのように、何も言わず高橋くんの前を横切ると、私たちのほうに向かって歩いてきました。

「初めまして。佐山《さやま》麗奈と申します。いつも高橋がお世話になっております」

落ち着いた声で挨拶をすると、佐山さんは丁寧にお辞儀をしました。我に返った城田さんは背筋を伸ばして、私たちもお辞儀を返します。

「ようこそおいでくださいました。支配人の岡崎です。こちらは、料理長の」

「城田です」

私が紹介しようと城田さんに手を向けると、城田さんは一歩前に出て、なぜかいつもより低くてダンディな声で自分から名乗りました。

「今日はわざわざ営業時間外にお店を開けていただいてすみません。これ、よかったらお店に飾ってください」

佐山さんは何の躊躇もなく、先ほど受け取った（無理やり渡された）花束を私に差し出しました。彼女の後ろではショックのあまり口を大きく開けたまま高橋くんが突っ立っていました。

「あ、ありがとうございます。お席にご案内しますね」

私は少々戸惑いながらも、花束を受け取って佐山さんを席へ案内しました。椅子を引いて、佐山さんが腰を下ろすと、高橋くんがテーブルに駆け寄りました。私は花束を持ったまま城田さんの横へ戻ります。

「本当に高橋にはもったいないくらい綺麗だし、しっかりしてるな」

城田さんがひそひそと私に耳打ちしました。私も苦笑いで頷きます。高橋くんに話を聞いていた以上にしっかりした女性だと思いました。

「今日は来てくれてありがとう。手紙にも書いたけど、俺、麗奈のために一生懸命料理作るから、麗奈に食べてほしいんだ。俺からの誕生日プレゼント」

後ろで組んだ高橋くんの手のひらは、汗でびっしょりでした。

「誕生日は二週間前に終わりました」

高橋くんとは目も合わせず、佐山さんは冷静に答えました。場の空気が凍りついたのが、後ろで見ていた私たちにもわかりました。

「うん……そう……なんだけど、俺からの気持ち！　ちょっと待ってて。今、作ってくるから」

空気に呑み込まれてしまいそうな高橋くんは、その場から逃げるように厨房へと向かいました。

「完全にペース持っていかれてんな」

珍しく城田さんが同情の眼差しを高橋くんに向けます。状況は私が想像していたよりも悪そうでした。どうにか高橋くんの想いが彼女に届くといいのですが。私は頂いた花束から、赤いガーベラを一本抜き取りました。グラスの棚の一番奥にあった一輪挿《いちりんざ》しを取り出して、水を入れてガーベラを挿します。

ガーベラには、〝希望〟や〝常に前進〟という花言葉があります。そして赤いガーベラは、〝燃える神秘の愛〟の意味を持ち、プロポーズに贈る花には最適だと聞いたことがあります。そのことを高橋くんが知っていて選んだのかはわかりませんが、この花にも高橋くんの想いが込められているのは間違いないでしょう。

私は水のピッチャーと花瓶を持ち、佐山さんの席へ向かいました。そっとテーブルの端に花を飾ります。

「お水、お注ぎいたしますね」

「ありがとうございます」

ゴブレットに水を注いでいる間、佐山さんは飾られた真っ赤なガーベラを見つめていました。

「すみません。なんか雰囲気悪くしちゃって」

佐山さんは私を見上げて言いました。

「いいえ。本日の主役は佐山さんですので、どうぞゆっくりしていってください」

「本当に申し訳ないです。こんなくだらないことに皆さんまで巻き込んでしまって」

誕生日を忘れられたことから始まった喧嘩を恥じているように、佐山さんは肩を落としました。

「くだらないことではないですよ。佐山さんが生まれた大切な日をお祝いするお手伝いができて、光栄です」

私は心から思ったことを口にすると、彼女は顔を上げて優しく微笑みました。

「本当に素敵なところで働かせてもらえて、幸せですね。彼は」

第一印象では、とても気が強そうな方のように思っていましたが、彼女の笑顔を見ていると、優しさに満ちた人なのだとすぐにわかりました。

「佐山さんは何のお仕事をされているのですか?」

「ファッション誌の副編集長をしています」

彼女はハンドバッグから名刺を取り出して、一枚私に差し出しました。

「副編集長ですか。ご立派ですね、まだお若いのに。やはりとてもお仕事ができるんですね」

「そんなことないですよ」

謙遜《けんそん》する佐山さんを見ていると、一週間前に高橋くんが言っていた言葉を思い出しました。

今こそ、彼を持ち上げるチャンスです。

「高橋くんが言っていました。しっかりしていて、頭がいい人だって」

それを聞いて、彼女は厨房のほうを振り返りました。しかし運の悪いことに、熱したステンレスのフライパンを間違えて素手《すで》でつかみ、熱さに飛び上がっている高橋くんが見えました。

「まあ、彼よりは」

慌てふためく高橋くんの姿を見て、苦笑いで佐山さんが言います。持ち上げるどころか、逆に下げてしまったようでした。大失敗です。

「まだ少し時間がかかりそうですので、食前酒などいかがですか」

私は厨房から視線を逸らし、佐山さんに尋ねました。

「そうですね、じゃあシェリーいただけます?」

「かしこまりました」

彼女に一礼し、カウンターへと戻ります。

一方そのころ高橋くんは、真剣な表情で彼女に贈るスペシャルディナーを作っていました。厨房の片隅で、そんな彼の背中を城田さんは見守っていました。

「コースにしないのか?」

前菜を出す気配のない高橋くんに、城田さんは聞きました。高橋くんは振り向かないまま答えます。

「はい！　今日は俺が知ってる彼女の好きなものを全部作って、テーブルいっぱいに並べて、彼女を喜ばせたいんです」

おそらく高橋くんのイメージは、レストランの料理というよりも、盛大なお誕生日会というような感じなのでしょう。

「そんなに食えるのか？」

「大丈夫です！　全部一口サイズにしますから！　種類は多いですけど……」

品数が多いだけあって、高橋くんは思っていた以上に時間がかかっている様子でした。気持ちは焦っていても、丁寧かつ慎重に料理していく高橋くん。普段のシャルールだったら、こんな彼を「遅い！」と怒鳴りつけて慌しい厨房になっているところですが、この日のシェフは高橋くんですので、彼に文句を言える者は誰もおりません。

私は心の中で彼を応援しながら、シェリー酒の用意を進めました。食前酒は、食事の前に飲むことで、胃を刺激して食欲を増進させる効果があります。欧米ではアルコール度数の高いシェリーやマティーニ（ジンにベルモットを混ぜたものです）などのカクテルが食前酒に好まれますが、日本ではキール（カシスのリキュールを白ワインで割ったものです）やミモザ（オレンジジュースをシャンパンで割ったものです）など、白ワインをベースにした軽いカクテルがよく飲まれています。

佐山さんが注文したシェリーは、スペインはアンダルシア州で生産されている、白ブドウを原料とした世界三大酒精強化ワインの一つです。どうやら、彼女は相当お酒に強いようですね。

私はお店にあった辛口のシェリーをワイングラスに注ぎました。

秋の風がシャルールの窓を叩きます。今夜は風の強い夜でした。まるで嵐が近づいているかのような。

人の話し声のしない店内には、風の音だけが響いていました。一人きりの客席で、佐山さんはじっと厨房の中の高橋くんの姿を見つめていました。

「よく見えるでしょう?」

私はそっと後ろから声をかけました。驚いた佐山さんが私を見上げます。

「え?」

「この席、一番厨房がよく見渡せるんですよ」

そう。だから私はこの席に彼女を案内したのです。あなたのために、一生懸命料理を作っている彼の姿をよく見てほしくて。

「シェリーでございます」

私は彼女のテーブルにワイングラスを置きました。高橋くんの前では冷たい態度をとっていましたが、彼を見つめる眼差しを見ていると、本当は彼女も高橋くんに会いたかったのではないかなと私は思いました。しかしそんな自分を隠すように、彼女はシェリーを手に取り、一気にグラスの半分ほど飲みました。グラスを置いて、佐山さんは一息ついて言いました。

「きっとたくさんご迷惑かけてますよね。あの人不器用だし、大雑把《おおざっぱ》だから」

「誰でも最初はそういうものです」

「いつもそうなんです。両立するっていうことができないんですよ、昔から。一つのことに集中すると、周りが見えなくなるって言うか。私が話してても、うんうんってなんか聞き流してる感じで。きっと私の話なんてほとんど覚えてないんだろうな」

彼女は手持ち無沙汰にワイングラスのステムの付け根を細い指先で挟《はさ》み、テーブルに載せたままグラスを小さく回して、ふて腐れたように言いました。

「そんなことはないと思いますよ」

「ありますよ！　この前なんて、オレンジジュース買ってきてって頼んだのに、彼、チンジャオロース買ってきたんですよ？　普通、聞き間違えます？　オレンジジュースとチンジャオロース！」

フォローを入れようとしたのですが、かぶせるように否定されてしまいました。そういえば何か月か前、メロンとマロンを間違えて発注してしまった彼なら、ありえなくもない話です。

「もともと土曜日が定休日だった食堂で働いていて、土曜日にここで働くようになってから休みもなくなって、一緒に過ごす時間もめっきり減りました。会うのはいつも夜遅くだし、大概彼は遅刻。三回に一度はドタキャンされるし、仕舞いには約束自体忘れてることもしばしば……。私のことなんて……私のことなんてどうでもいいんですよ、彼は」

俯く彼女の横顔は、仕事のできるキャリアウーマンではなくて、ただ恋をしている一人の女性でした。

決してそんなことはないと、私の口から伝えたところできっと彼女には届かないのでしょう。しかし本当に、高橋くんは佐山さんのことを想っています。彼のことをちょっとでも知ってほしくて、私は必死に言葉を探しました。

「……確かに、高橋くんは器用なほうではないかもしれません。ですが、いつも一生懸命です」

私は厨房で奮闘する高橋くんを見ました。

「何度壁にぶつかっても、全力で立ち向かっていきます。それはもう、羨ましいくらい真っ直ぐに……彼、頑張っています。本当に……頑張っています」

上手く言葉が見つからなくて、途切れ途切れになってしまいました。本当の高橋くんをちゃんと伝えられない自分に腹が立ちます。

「……わかってます」

彼女は私を見て小さく微笑みました。

「わかってるんです。彼が本当に料理を作ることが好きなのも、もっと美味しいものを作りたいって、いつも考えていることも。私、料理をしてる彼の後ろ姿を見てるのが好きなんです。ここで働く前までは、よくお昼に彼の食堂に行って、彼が作っている姿を眺めながら彼の料理を食べていました。そうしてる時間が、すごく幸せだったんです」

彼女の瞳の奥には、当時の高橋くんの姿が映っていました。

「だけど、ここに来てあの人は変わりました。初めてこのお店に行って、帰って来た日の夜、彼、目を輝かせて言ったんですよ。すごいお店に出会ったって。それから彼は本気で料理と向き合うようになった。もっと上手くなりたいって、起きている時間はずっと料理の練習をして、心配になるほど毎日毎日頑張ってる。ああ、彼は目指すものを見つけたんだって思いました」

拙《つたな》い言葉でしか説明できない私なんかよりも、ずっとずっと佐山さんのほうが高橋くんの努力を知っていました。考えてみれば、そんなことは当たり前です。だって佐山さんは高橋くんの彼女さんなんですから。

高橋くんを見つめる佐山さんの目に影が落ちます。

「前よりも、彼が遠くなった気がしました。そしてもっと遠くへ行くような気がする。会話が減って、会えない時間が増えて、初めて寂しいって思った。いつか私のことなんて見向きもしてくれなくなるんじゃないかって」

彼女もまた、会えない時間の中で高橋くんの存在を強く認識したのだと私は思いました。しかしその思いの方向は、高橋くんとは違う向きを指しているようでした。不安な気持ちを振り払うように、彼女は笑いました。

「よくいるじゃないですか、〝私と仕事、どっちが大切なの？〟って言う女。私昔から、そんな言葉を言う女だけにはなりたくないってずっと思ってました。だけどいつか、そんなことを言ってしまいそうで、自分が怖いんです。それだけは絶対に嫌なんです。夢に向かっている彼を本気で応援したいって思っているから……どうしようもない人ですけど、彼が好きなんです」

佐山さんが恥ずかしそうに笑います。彼女の素直な気持ちに、私は胸が熱くなりました。

「だからもうおしまい。彼を自由にしてあげないと」

「え？」

「無理してくれてたんだと思います。私のために。私がいなければ、もっと料理に打ち込める。

頭ではわかってたけど、離れたくなくてずっと気づかないふりをしてきました。だから今までこのお店に来られなかったんです。ここで彼が作っている姿を見たら、私の存在が彼を縛りつけていることを嫌でも自覚してしまうと思ったから……。手紙をもらって覚悟しました。彼が私をこのお店に呼んでくれたのは初めてだったから。その時が来たんだなって……やっぱり、思い知らされました」

彼女はいつか高橋くんが見せたのと同じように、愛おしい表情で彼を見つめます。

「あんなに真剣に料理を作っている姿、初めて見た……」

彼女の目にうっすらと涙が浮かびました。しかしそれをすべて呑み込んで、佐山さんは私に微笑みます。

「潮時《しおどき》ですね」

佐山さんは残り半分のシェリーも一気に飲み干しました。

どうして、こんなにもお互いのことを大切に想い合っているのに、二人の気持ちが重ならないのでしょうか。相手のことを想うが故に、気持ちがすれ違ってしまう。しかし恋愛とは、いつの時代もそういうものなのかもしれません。些細なところですれ違った気持ちは、どちらかが振り向かなければ、そのまま進んでいく。それを世間では別れというのでしょう。そんな別れはきっと珍しいことではなくて、多くの人たちが気づかないところですれ違っているのかもしれません。

ですが神様が導いた二人の結末を、第三者が割り込んでどうにかする権利なんてないのです。

「彼がなぜ料理人になったのか、ご存知ですか？」

私は佐山さんに尋ねました。彼女は空のワイングラスを手に持ったまま、首を傾けます。

「さあ、いつのまにか彼は食堂でアルバイトを始めていて、そのまま従業員になっていましたから。就職活動が面倒だったんじゃないですかね」

その理由を大して気にすることもなく彼女は言いました。

やはり佐山さんは高橋くんが料理人になったわけを知らなかったのです。私はずっと前に一度、聞いたことがありました。それは彼がこの店に来たばかりのころの話です。その話を聞いていたので、私は高橋くんには大切な人がいるのだと知っていたのです。

もし、高橋くんが料理人を目指した本当の理由を、彼女が知っていたのなら、彼女の中でこんな結論には至らなかったのかもしれません。しかし、私の口からそれを話すべきではありませんでした。

私は静かに空のワイングラスをお下げしました。

「ごめん！　お待たせ！」

高橋くんの大きな声が店内に響きました。両手にたくさんの種類の料理が盛られた器を抱えて、高橋くんはテーブルの上に並べていきます。

和食、洋食、フレンチから中華まで、さまざまなものでテーブルは埋め尽くされました。普段のシャルールならありえない光景ですが、今日は高橋くんの、高橋くんによる、高橋くんのためのレストラン。それはまるで、ずっと働いてきた大衆食堂の知識と、シャルールで働いて身に着けた料理の技術を合わせた、彼の集大成のようでした。

「どう？　驚いた？　麗奈の好きなもの全部作ってみた！」

すべて出し尽くしたように、満足そうな顔で高橋くんは笑います。しかし並べられた料理を見たまま、佐山さんは何も答えませんでした。

「あの……種類が多くて、時間かかっちゃったけど、味には自信あるから！」

怒っているのかと不安になった高橋くんは、彼女の顔を覗き込みます。

「麗奈？」

すると佐山さんは小刻みに首を横に振りました。

「ごめん……食べられない」

「え？」

理解のできない高橋くんに、佐山さんは優しく微笑みました。

「もうお腹いっぱいだよ」

「でもまだ何も食べてないじゃ……」

高橋くんの言葉を遮って彼女は立ち上がりました。そして真っ直ぐに高橋くんを見つめます。

「ここに来てよくわかった。あなたの気持ち」

彼女は、最後の言葉を口にするのを少しためらいました。一度目を閉じて、大きな黒い瞳をゆっくりと開きました。

「私たち、別れよう」

彼女の答えが、高橋くんの胸に突き刺さります。彼女を見つめたまま高橋くんはただ立ち尽くしました。何も言わない彼に、佐山さんは言いました。

「じゃあね」

二人はゆっくりとすれ違い、彼女は出口へと一歩ずつ歩いてゆきます。

高橋くんの思考は停止していました。このときの彼には、もう何の言葉も届いていませんでした。

佐山さんのヒールが床を鳴らして、一歩一歩私の胸の中に響いていきます。そう、これが二人の運命だったのです。運命を変えることは誰にもできない。それを変える資格なんて私にはありません。わかってはいますが、どうしても、どうしてもこのまま二人がすれ違っていくのをただ見続けることはできませんでした。

「高橋くん！」

おそらく私は、シャルールを始めてから三十年間の中で一番の大声を出して彼の名前を呼びました。カウンターの中にいた城田さんでさえ、驚いた表情で私を見ていたので、間違いないでしょう。それくらいの声を出さなければ、今の彼には届かなかったのです。

「……はい？」

私の叫びで我に返った高橋くんは、顔を上げて私を見ました。

「面接をしましょう」

「え？」

突拍子もない私の言葉に、高橋くんは困惑した顔をします。しかし私はそんなことはお構いなしに続けました。

「君は城田さんの弟子になりたいと言って勝手にシャルールに入ってきました。まだ、面接をしていませんでしたよね」

「い、今ですか？」

突然のことに戸惑う高橋くんに、私は頷いて見せました。

「ええ。ひとつだけ、私に答えてください」

こちらを振り返ることなく、佐山さんは扉へのステップを登ります。

「君はなぜ、料理人になろうと思ったのですか？」

その瞬間、ヒールの音がぴたりと止みました。彼女はドアに手を触れたまま、立ち止まったのです。

高橋くんもまた、私の目を見つめたまま動きませんでした。今、このとき、二人の運命を決める鍵は、高橋くんの手のひらに握られていました。

彼の口がゆっくりと動きました。

「世界中で……たった一人、ある女性を笑顔にしたかったからです」

高橋くんの目つきが変わります。

「彼女は食べることが大好きで、美味しいものを食べると幸せそうに笑うんです。外ではいつもバリバリ働いていて、どんなことも完璧にこなして、いや、むしろ完璧にこなさないと嫌で、自分にとっても厳しくて、誰にも負けないようにいつも気を張り詰めているような彼女が、ご飯を食べているときだけは笑ってくれるんです。僕はその笑顔が何よりも好きで……彼女の笑顔が見たくて、料理人になりたいと思いました」

私はゆっくりと彼に向かって頷きました。

高橋くんはそこで初めて彼女のほうを振り返りました。そして早足で彼女の前まで歩いていきます。足音が止まると、ドアの前に立ち尽くしていた佐山さんも、ゆっくりと高橋くんを振り返りました。

「一口だけでいいから、僕の料理を食べてください」

真剣な表情で、高橋くんは切なる願いを口にしました。高橋くんの願いはおそらく、彼女の胸に届いたのでしょう。

「どうぞ、こちらへ」

私はもう一度、彼女を席へと案内しました。

色鮮やかな料理が並ぶテーブルに、再び佐山さんは腰を下ろします。その横では、緊張した面持ちで高橋くんが立っていました。

佐山さんは静かに箸《はし》を手に取りました。彼女は目の前にあった卵焼きを、小さく箸で切り分けると、ゆっくりと口へと運びます。

その味に、彼女は何かを感じて大きな目を更に見開きました。確かめるように、自ら違う料理にも手を伸ばし、一口ずつ口に運んでいきました。

一つ一つ、高橋くんの思いが詰まった料理を、佐山さんは目を閉じて噛み締めます。口に含んだ料理がなくなると、目を開いて呟きました。

「……覚えてたの？」

佐山さんの一言に、緊張していた高橋くんから力が抜けて、口元が緩みました。

「覚えてるよ」

そして料理を見ながら言いました。

「出会ったばっかりのころに言ってたでしょ？　卵焼きは砂糖を入れて甘いやつが一番美味しいって。あとそのエビチリ、甘めに作ったから食べてみて。麗奈はエビチリあんまり好きじゃないって言ってたけど、エビは好きだから、辛いのがだめだったんだろ？　それから、ハンバーグにはデミグラスソースじゃなくておろしポン酢、煮物は薄味で、パスタの麺《めん》は硬め。全部麗奈の好みに合わせた。あ、最近塩分取りすぎてるって気にしてたから、どれも塩分控えめになるように工夫したんだ！　あとは、麗奈が今まで食べて美味しそうにしてたものを全部作ってみた」

高橋くんの気持ちがすべて入った料理に、今にも泣きだしそうな表情で佐山さんは彼を見上げました。

「麗奈の話したことはどんな小さなことも全部覚えてる」

佐山さんの隣の席に高橋くんは腰を下ろしました。

「わかった？」

高橋くんが佐山さんの顔を覗き込みます。

「俺がどれだけ麗奈に惚《ほ》れてるのか」

佐山さんは一度顔を上に向けて、こぼれそうな涙を抑えました。

「……でも誕生日は忘れてた」

彼女の返しに、高橋くんは言葉を詰まらせます。しかし素直な気持ちを吐き出しました。

「それは……ごめん。あの日は頭がいっぱいだったんだ……麗奈にプロポーズしようと思って」

「……え？」

「麗奈」

高橋くんは椅子から降りて床に片膝を突きました。そして今まで見たことのない真剣な顔で、彼女を見つめて言いました。

「俺、馬鹿だし、頼りないし、不器用だし……貯金も全然ないけど、麗奈を幸せにしたい。美味しい料理で、麗奈を毎日笑顔にしたい」

どこか情けないような、だけど嘘偽りのない彼らしい言葉は、彼女の胸に真っ直ぐ伝わっていました。

「怒ったあとも、泣いたあとも、喧嘩したあとも、つらいときも落ち込んだときも、どんなときだって、俺の料理で麗奈を笑顔にしてみせるから。だから……」

高橋くんは、二週間前に渡せなかった指輪をポケットから取り出し、佐山さんに差し出しました。

「俺と結婚してください」

彼女の左頬に、一筋の涙が伝いました。

「……貯金くらいしといてよ、ばか」

こぼれ落ちた涙を手で拭き取ると、佐山さんはその指輪を受け取り、美しく微笑みました。

「はい」

全身の力が抜け落ちた高橋くんは、嬉しさのあまりその場に崩れ落ちました。

パーン！！！

クラッカーを鳴らしたような大きな音がお店に響き渡ります。その音に驚いた高橋くんが勢いよく起き上がりました。

「おめでとうございます！」

私は二人に向かって勢いよく泡が溢れ出すシャンパンを掲げながら叫びました。

「岡崎さん、どうしたんすかそのシャンパン！」

先ほどの音はシャンパンの栓を抜いた音でした。私からのサプライズに、二人はびっくりして顔を見合わせました。

「私からのお祝いです。でもこれだけじゃありませんよ？」

「え？」

そこにタイミングよく、城田さんが大きなカートを押して登場しました。

「おめでとーう！　お二人さん」

「城田さん！」

カートの上には、プロのパティシエにも劣らないほどの、大きくて美しい純白のケーキが載っていました。もちろん、城田さんが作ったものです。

「すごーい！」

佐山さんはその大きさに、両手を合わせて驚きました。ケーキには、〝ＨＡＰＰＹ　ＢＩＲＴＨＤＡＹ　＆　婚約おめでとう〟の文字が書かれています。

「いやぁ、先に文字書いちまったから振られたらどうしようかと思ったぜ」

頭を掻いて城田さんも嬉しそうに笑いました。

「こんなの、いつの間に用意してたんすか……」

あまりのサプライズに、高橋くんの声はかすれていました。私は自慢げに城田さんに言いました。

「昨日の夜から『故障中』の冷蔵庫に入っていましたよね？」

「まあ俺の手にかかればこんなもの、すぐできるけどな」

得意そうに鼻の下を指で擦《こす》り、城田さんが威張ってみせます。たぶん、冷蔵庫にあの張り紙をしていなかったら、城田さんの想像通り高橋くんはケーキと対面していたでしょう。そう、私たちにできることは、お二人を盛大に祝うことでした。気は早すぎたのですが、私と城田さんのサプライズは大成功です。

「……ありがとうございます」

必死に洟を啜り、高橋くんは震える声で言いました。彼がシャルールに来てから、涙を見せたのは初めてのことでした。

「泣いてんじゃねーよ！　バーカ！」

城田さんが高橋くんの頭を優しく叩きます。私は彼の背中に手を置いて、シャンパングラスを渡しました。

「乾杯しましょう？」

高橋くんは泣きながら、でも、笑顔で頷きました。

深夜のパーティーはひっそりと、しかし盛大に秋の夜長に続きました。二週間前の彼女が生を受けた素晴らしい日と、これから二人で生きていく、始まりの日を祝って。

ただ一つ計算外だったのは、佐山さんがケーキを食べて、城田さんの味の虜《とりこ》になってしまったということでしょうか。

老紳士と花束

街はすっかり冬色に変わり、表通りは夜になるとイルミネーションがキラキラと輝きだします。その美しさは、寒さを忘れた通行人たちが、思わず足を止めてしまうほどでした。

本日の営業も無事に終わり、誰もいなくなった客席で城田さんが大きく伸びをしました。

「さて、じゃあ今年も始めるか」

「ええ、もうひと頑張りですね」

その後ろで、私もエプロンを外してシャツの袖をまくりました。

「はあ、いよいよこの時間が来たんすね……」

厨房の窓では、高橋くんがやる気なさそうにうなだれていました。彼の言うこの時間とは、毎年恒例、シャルールの大掃除です。

今年の営業も、今日を終えて残すところあと一日。最後の土曜日の前に、私たちは毎年大掃除をしてしまうのです。その理由は、年末の土曜日が大抵、クリスマスシーズン真っ只中で、一年のうちで一番忙しい日だというところにあります。仕込みも通常より早い時間から行い、店が終わるころには、大掃除をする気力はほとんど残っていないのです。

しかも、今年最後の土曜日はちょうどクリスマスの夜でした。

ということで、最後の営業日に速《すみ》やかに帰ることができるように、私たちは今年も大掃除を始めました。

まずはホールのお掃除。客席のテーブルと椅子を全部外に出し、隅々まで掃き掃除と拭き掃除をしたら、ワックスをかけます。窓も照明も、アンティーク調のドアも、すべてぴかぴかに拭き、テーブルと椅子も一つ一つ丁寧に拭いていきます。（こういう時に、近所迷惑にならないので、シャルールが裏通りにあってよかったと思います）

それから厨房のお掃除に移ります。大掃除ということで、いつもやっている水回りやガス回り、作業台の徹底的な掃除に加え、床磨きをして食器棚、冷蔵庫やオーブンもきれいに拭き、換気扇《かんきせん》の油汚れもしっかり落とします。

最後は屋根裏にある物置です。物置には、季節やイベントに合わせた店の飾りや、消耗品の在庫などを置いていて、いつもなら埃を払って棚と床を拭けば十分きれいになるのですが、今年の物置はそう簡単にはいきませんでした。

「うわぁ、これは大変だ」

屋根裏に上がるなり、高橋くんが叫びます。想像以上にひどい状況に、私は思わず頭を掻きました。

「ここはいつも年に一回しか掃除しませんからね……」

「お前が在庫片づけるときにきれいに置かないから、こうなったんだろ」

城田さんが高橋くんを横目で見ます。

「あれ、そうなんっすか？」

高橋くんが在庫整理の担当になってから、すぐに必要なものだけを手前の取りやすいところに置いているため、使わなくなった古いものや、忘れ去られた飾りなどが奥へ奥へといってしまい、物で溢れ返っていました。

「岡ちゃんが片づけてたときはもっときれいだったよ」

「まあ、さっさとやりましょう。みんなでやればすぐっすよ！」

話を切り替えるように、高橋くんが袖をまくり、最初に動きはじめました。

結局、今年は一から棚の整理をすることになりました。うっすらと白い幕に覆われているかのような屋根裏は、物をちょっと動かすだけで埃《ほこり》が舞い上がって、鼻が痒《かゆ》くなってしまいます。

私は唯一光が差し込む小さな窓を開けました。外の冷たい空気が流れ込んできます。

「そういえば、表通りのガラス工房、ついに店仕舞いするらしいな」

テーブルクロスや照明の在庫が並ぶ棚を整理しながら、城田さんが言いました。

「え？　うちがグラスとかガラス食器を買ってる店っすか？」

高橋くんははたきで棚の上から埃を落としていきます。

「ええ、今年いっぱいで閉店するそうです。残念ですね」

表通りのガラス工房は、古くからこの街で営業しているお店でした。昔からシャルールで使っているグラスやゴブレット、前菜やデザートを載せるガラスの器はすべてガラス工房さんで作っていただいたものです。それと、シャルールの目印でもある、アンティーク調のドアについている丸い磨硝子の窓を作ったのもガラス工房さんです。

「そうだなぁ。表通りで唯一、長く生き残ってきた店だったのに」

城田さんがしみじみと言います。刻々と変化していく表通りには、もう昔からあるお店はガラス工房しかありませんでした。

「あのガラス工房、そんなに前からやってたんっすか」

「俺と岡ちゃんがまだ学生のころからあの場所でやってるよ、なぁ？」

「ええ……そうですね」

私は高橋くんが落とした埃を箒《ほうき》で集めました。

「せっかくだし、グラスや器、買い足しとくか？　もうガラス工房で注文できなくなるし、こいつの雑な皿洗いですぐ割れちまうし」

思わぬ流れ弾が飛んできた高橋くんは、背中から刺さる視線に肩をすくめて小さくなります。

「そうしましょうか」

ガラス工房さんの作るグラスたちは、本当に美しく、私もお気に入りでした。きっと城田さんもその質の良さをわかっているのでしょう。

「ん？　なんすか、このダンボール」

使わなくなった古い飾りなどを置いていた棚から処分するものを出していた高橋くんが、棚の一番奥に押し込まれていたダンボールを引っ張り出しました。

「箱に何も書いてないですか？」

何が入っているかわかるように、基本的には中身の名前を書いているのですが、そのダンボールには何も書かれていません。

高橋くんは埃だらけのダンボールを床に置いて開きました。中に入っていたのは大量の太くて長いろうそくでした。

「ろうそく？　何でこんなにたくさん……」

高橋くんは見覚えのないろうそくを不思議そうに手に取りました。

「ああ、城田さん、これ……」

「懐かしいなぁ。たしかレストランウエディングのやつだろ？　ってことはその奥のダンボールはおそらく……」

ろうそくの入ったダンボールの横にあった、もう一つのダンボールを城田さんが取り出しました。

「お、やっぱりな」

そのダンボールを開くと、三つに分かれた枝に小さな受け皿がついている、金属製の燭台《しょくだい》がたくさん入っています。

「燭台？　じゃあこのろうそくって……」

「燭台用のろうそくですね。ろうそくに火を灯《とも》して、燭台をテーブルに一つずつ置いていたんですよ」

「へぇー、どうしてこれ使わないんですか？」

何も知らない高橋くんの質問に、私と城田さんは顔を見合わせました。

「もうずっと前なんですけどね、レストランウエディングをしたいというお客様が貸切でご予約なさったんですけど、演出で燭台をテーブルに置きたいとおっしゃったんです。城田さんと相談して、この先も誕生日のお客様とか、クリスマスとか、特別な日に使えるかもしれないと思って、燭台とたくさんのろうそくを発注したんですよ」

「そうしたらな、レストランウエディングのとき、酔った客がテーブルにぶつかって燭台を倒したんだよ。そのとき一緒に倒したグラスのワインに引火して、テーブルが一瞬燃え上がっちまってな。もうみんな大騒ぎだよ。まあ、火が広がる前に岡ちゃんがすばやくテーブルクロスで消し止めたんだけどよ」

「その日から、危ないかもしれないと思って、希望があったときだけ使おうということで物置にしまっていたんですね。そのまますっかり忘れていました」

「結局、一回も使わなかったよな。もう二十年くらい経つけど。どうする？　それ……」

城田さんが前屈みになってダンボールを覗き込みます。

「そうですねぇ……、もう使わないかもしれませんね」

レストランウエディングから今まで、燭台を希望したお客様は一人もいませんでした。今の若い人たちは、きっとあまり目にする機会もないのでしょう。

「リサイクルショップにでも売ったらどうですか？」

高橋くんが悩んでいる私と城田さんを交互に見て言いました。

「それもいいなぁ、グラス買うのにちょっとは足しになるだろうし。どうする、岡ちゃん」

「そうしましょうか。使わずにずっと置いておくのも、もったいないですしね。高橋くん、このダンボール二つを下の勝手口のところに置いておいてくれますか」

「うぃっす」

高橋くんはダンボールを閉めると、二つ重ねて階段を下りていきました。少し寂しい気もしますが、ここで眠っているより、必要としている人の手に渡るのが一番いいのでしょう。

「うわ、もうこんな時間だ！　そろそろいいんじゃねぇか？」

城田さんが腕時計を見て驚いていました。時刻はもう、日付が変わる五分前でした。

「ええ。だいぶきれいになりましたね」

使わないものを取り除くと、棚はすっきりとして空きができました。在庫もきれいに並べられて、最初と比べると見違えるようです。

「ふぅ、やっと終わったー！」

「お疲れ様でした。今年の営業もあと一回、よろしくお願いします」

階段を登ってきた高橋くんが、疲れ果ててその場に座り込みます。その横にあった、小さな木の踏み台に城田さんも腰を下ろして、私を見上げました。

「クリスマスの予約はもう埋まってんのか？」

「はい、二名のご予約が六組と、四名と五名のご家族が二組です。みなさんクリスマス限定コースですが、二名ご予約の一組だけ、フルコースのご注文でした」

毎年予約で埋まるクリスマスの週の土曜日は、城田さんの考えた前菜とスープ、メインと食後にデザートのついた、クリスマス限定コースをシャルールでは出しています。ほとんどの予約のお客様がこのコースを選ぶのですが、来週は珍しくフルコースの注文が入っていました。

「フルコース？　それは忙しくなりそうだな」

あからさまにつらそうな顔をしている高橋くんとは裏腹に、城田さんはどこか嬉しそうでした。城田さんは忙しければ忙しいほど、燃えて楽しくなる人なのです。

「無事に一年が締められるように、頑張りましょう」

今年もバタバタなクリスマスになる予感がします。


年末が迫り、瞬く間に毎日が過ぎて、気がつけば聖なるクリスマスを迎えていました。久しぶりに太陽が顔を出して、この時期にしては珍しく暖かい日になりました。

今日のシャルールは、来たる夜に向けて、午前中から慌しくみんなが動き回っていました。厨房では、オープン前にもかかわらず、八組のご予約で合計二十一人分の仕込みに追われて、二人はてんてこ舞いでした。私もすべての席のテーブルセッティングを終えると、すぐに厨房に入って仕込みのお手伝いをしました。

「いてっ」

大きな鉄板を持ってオーブンに向かっていた高橋くんが、勝手口にあったダンボールに右足をぶつけてバランスを崩しました。後ろにいた私は素早く傾いた鉄板を支えて、鉄板がひっくり返るのは阻止しました。

「おい、気をつけろよ！」

手を休めることなく、横目で城田さんが高橋くんを注意しました。

「だって、このダンボールが……」

ぶつけたのは、先週高橋くんに運んでもらった燭台とろうそくの入ったダンボールでした。

「岡ちゃん、まだ売りに行ってなかったのか、それ」

「すみません、今週はちょっと忙しくて。年明けまでには行ってきますね」

「いや、邪魔なところに置いたあいつが悪い」

「えー！　だって岡崎さんが勝手口にって……」

「置き方考えろって言ってんだよ、この阿呆！　いいから手を動かせ、手を！」

鉄板を持ったまま文句を言う高橋くんは、さらに城田さんに怒鳴られてしまいました。（高橋くんには申し訳ないのですが、こういうときいつも城田さんは私の味方なのです）

その後、なんとかオープン前には仕込みも一段落して、私たちは束《つか》の間《ま》の休息をとることができました。

夕方になると、天気は急激に変わり、黒い雨雲が空を覆いました。

「雨が降りだしそうですね」

「せっかくのクリスマスなのになぁ」

私が外の様子を窺っていると、城田さんも厨房から出てきて残念そうに言いました。

「どうせ降るなら、雪のほうが雰囲気出ますよね」

カウンターの窓から、最終チェックをしていた高橋くんが顔を出します。

「準備終わったのか？」

「ばっちりっす！」

「時間だな、オープンするか」

城田さんが私を見て言います。

「はい」

私は店の外に立て看板を持って出ました。ちょうどそのとき、真っ黒な空から降ってきた一《ひと》雫《しずく》が、私の手の甲に落ちました。顔を上げると、ひとつ、またひとつと雫が次々に落ちてきます。

「降ってきました」

店の中に戻ると、仕方ないという表情で城田さんは頷きました。

オープンして間もなく、予約のお客様が次々と来店して、僅か三十分ほどでほぼ満席になりました。本番を迎えた厨房も大忙しで、今日は城田さんがいつものように窓から顔を出す時間もありませんでした。注文の料理を出しながら、城田さんが早口で私に聞きました。

「岡ちゃん、予約は全員来たか？」

「あと一組です」

「了解」

そう言うとすばやく作業に戻り、黙々とコースの料理を作っていきます。(こういう日は、いつものお喋りな城田さんが別人のようです)

私が料理を運び終わり、カウンターに戻ろうとしたとき、ドアのベルが鳴りました。私は急いで入り口に向かいました。

「いらっしゃいませ」

扉の前に立っていたのは、溢れるほど大きな真紅のバラの花束を両手で抱えた、一人の老紳士でした。グレーの色をしたきれいなスーツに身を包み、雰囲気のやわらかい六十代から七十代くらいのその男性は、まさに紳士という言葉がよく似合う気がします。

「二名で予約していた土屋《つちや》です」

男性はそう言いましたが、そこにいたのはどう見ても一人でした。もしかしたら、待ち合わせをしているのかもしれません。

「土屋様ですね。お待ちしておりました。どうぞ、こちらへ」

私は男性を最後に空いていた予約席へとご案内しました。ゆっくりと私の後について歩くその姿は、背筋が伸び、気品に溢れています。

私が片方の椅子を引くと、男性はそこに座るのではなく、手に持った大きな花束を置きました。そしてご自分は対面の席に腰をかけました。

私はそれには何も触れず、男性に尋ねました。

「本日はフルコースのご予約で承《うけたまわ》っておりますが、間違いございませんでしょうか」

「はい」

男性は落ち着いた低い声で、しっかりと頷きました。

「かしこまりました。今から一品目をお持ちしてもよろしいですか?」

そう聞くと、男性はもう一度頷きました。

私はカウンターに戻り、厨房にオーダーを通そうとしたとき、ちょうど出来上がった次の料理を持った城田さんが窓から顔を出しました。

「最後のご予約、フルコースのお客様いらっしゃいました。すぐお出しして構わないそうです」

「おう。あれ？　二名だったよな。もう一人はまだ来てないのか？」

城田さんが、先ほどまで空いていた席に座っている男性を見ながら、不思議そうに言います。

「……いえ、もういらっしゃっているみたいです」

私もその席に目を向けて言いました。

「え？　だって一人しか……」

言いかけた城田さんが、向かいの席に置かれた花束に気づきました。

「料理はどうしたらいい？」

「……二人分作ってもらえますか？」

城田さんは何も言わず頷きました。


雨は降り止むことなく、さらに強さを増していました。窓に流れる滴《しずく》が、外の景色をぼやかしていきます。

窓の外とは裏腹に店内は暖かく、笑い声や話し声が飛び交い、とても賑やかでした。家族や恋人と過ごすクリスマスの夜が、温もりの詰まった料理で彩られていきます。

「岡ちゃん、フルコースの前菜だ」

後ろから城田さんが私を呼びました。

「ありがとうございます」

二つ用意された前菜を、私は席へと運びました。

「お待たせいたしました。前菜、ル・マンのリエットでございます」

ル・マンとは、フランスのペイ・ド・ラ・ロワール地方のサルト県にある地名です。そこの地方料理として有名なこのリエットは、豚の肩肉を豚の脂《あぶら》で身がほぐれるまで煮て、冷ましたものをパンに塗っていただく前菜です。

男性の前にお皿を置くと、彼は微笑んで軽く頭を下げました。私の手にあるもう一皿の前菜を見ると、左手を向かいの席のほうへ向けました。私はゆっくりと頷き、もう一皿を花束が載った向かいの席のテーブルへ置きました。

「ごゆっくりどうぞ」

一礼をして、他のテーブルを回り、空いているお皿を下げていきました。途中で顔を上げると、カウンターの窓から顔を出して見ていた城田さんと目が合いました。城田さんは一度花束の席に目を向け、もう一度私を見ます。私が目で頷くと、城田さんも頷き、厨房の中へと戻っていきました。

「ポタージュのブルターニュ風ポテでございます」

前菜を食べ終えた男性の席へ、コース料理のポタージュを運びました。

ポテとは、鍋で豚肉と野菜を煮込んだ料理のことです。燻製《くんせい》にされた豚の肩肉と一緒に煮込まれた、にんじんや玉ねぎやキャベツたちの甘みが口の中いっぱいに広がります。

男性は頷き、私は彼とその向かいの席にポタージュを置きました。

「お下げしてよろしいでしょうか」

空いている皿と、前菜が載ったままの皿を見て、男性に確認しました。

「お願いします」

少し申し訳なさそうな表情で、男性は答えました。私は二つの皿を手に取り、カウンターへ戻りました。

「あの人、どっかで見たことねえか？」

出来上がったクリスマス限定コースのメインを持ってきた城田さんが、花束の席の紳士を見て言いました。

「城田さんもですか？　私もそんな気がするんですよね」

そう、実は私も来店したときから以前どこかで見覚えのあるような気がして、記憶をめぐらせていたのです。

するとと私たちの会話が気になって、高橋くんが窓から顔を覗かせました。

「あれ、あの人、土屋靖史《やすふみ》さんじゃないっすか？」

男性を見るなり高橋くんが言いました。

「ご予約のお名前は土屋さんでした」

「やっぱり！　絶対そうっすよ！」

「誰だ、それ」

その名前に聞き覚えのない城田さんに、高橋くんが驚いた顔で言いました。

「知らないんすか？　『スプリング』っていうデザイン会社の社長っすよ！　独立して小さな会社を一人で立ち上げたんですけど、靖史さんのデザインが大手企業の広告で話題になって、そこからどんどん会社を大きくして、今では社員が三百人とか言ってた気がしますけど……雑誌とか週刊誌によく写真つきでインタビュー載ってますよ？」

高橋くんの話を聞いて、城田さんは何か思い出したように大きく頷きました。

「ああ！　そういえば、前立ち読みした雑誌に載ってたな」

しかし私は、雑誌などほとんど読む機会がないので、メディアで土屋さんのお顔を拝見したわけではない気がしました。彼がそんなに大きな会社の社長さんだということも知りませんでした。

もっと昔に、写真ではなくまだ若いころの彼に、直接会ったことがあるような、そんな感じがするのです。


ほとんどのテーブルでメインを出すタイミングが重なり、厨房の忙しさはピークに達していました。そんな中で、私は三皿目のポワソンを土屋さんの席へと運びました。

「オマールのアルモリカ風でございます」

アルモリカというのはフランスのセーヌ川とロワール川に挟まれた地域の古い地名で、炒めた筒切り状のオマールをトマトや白ワインで煮たブルターニュ地方の魚介料理です。

お皿をテーブルに置くと、土屋さんは私を見上げて尋ねました。

「コルトン・シャルルマーニュは置いていますか」

「はい、ございます」

「グラスで二つお願いします」

土屋さんが指を二本立てて言いました。

「かしこまりました」

どうやら土屋さんはかなりワインに詳しいようです。コルトン・シャルルマーニュというのは、フランスはブルゴーニュ地方の上質な白ワインです。琥珀《こはく》色をした凝縮感のある力強い味わいで、世界最高峰の白ワインの一つです。このワインはオマールをはじめとする甲殻類《こうかくるい》とよく合うので、私もこのコルトン・シャルルマーニュをお勧めしようかと思っていたところでした。

「ワインか?」

ワインクーラーを用意する私の横から、城田さんが声をかけました。

「ええ、お勧めする前に注文されました」

カウンターの下にある小さな冷凍庫から、氷をすくってワインクーラーに入れていきます。

「しかし、なんであの席だったんだろうな。指定だったんだろ?」

「はい、壁側の一番奥でとご予約のお電話でおっしゃっていましたから」

ワインクーラーに冷蔵庫から取り出したコルトン・シャルルマーニュを入れました。城田さんは遠目に花束に目を向けて言います。

「周りに気を遣ったのかもしれないな」

「そうですね」

私はトーションを腕にかけ、ワインクーラーとグラスを土屋さんの席へと運びました。

「こちら、コルトン・シャルルマーニュ一九九九年ものでございます」

クーラーからボトルを取り出し、土屋さんにラベルを見せました。土屋さんは微笑みながら頷き、私はボトルをクーラーに戻します。ソムリエナイフのスクリューをコルクの中心に刺し込み、コルクが破損しないように慎重に引っ張り上げ、コルクの端がボトルの口から抜ける最後の美しい音を小さく響かせました。

私はコルクの香りを嗅《か》ぎ、異常のないことを確認すると、コルクをテーブルの上に置きました。

ボトルの口を拭き、土屋さんのグラスに少量のホストテイスティングワインを注ぎます。土屋さんはグラスを手に取り、少しだけワインの香りを嗅ぐと、口に含んで確かめました。

「お願いします」

土屋さんは私を見て答えます。私はそれを聞いて、花束の席へワインを注ぎました。そして土屋さんのグラスにもう一度ワインを注ぎます。

「ありがとう」

土屋さんの目が優しく笑います。でもその瞳の奥に、どこか悲しみを秘めているように見えました。私はお辞儀をして、カウンターへ下がりました。

店内ではお客様の席にメイン料理が行き渡り、厨房も客席もだんだんと落ち着いてきました。

「最後のメインだ」

城田さんが達成感いっぱいの顔で、窓からフルコース四品目のメイン料理を出しました。まだデザートを出すのが残っていますが、とりあえず今日の山場は越したようです。

私は「お疲れさまです」と言って皿を受け取り、土屋さんの席へ運びました。

「子羊《こひつじ》のローストでございます」

これもまた、ローストした子羊のモモ肉にブルターニュ風の白インゲン豆を添えた、ブルターニュ地方の代表的な料理です。

「ワインはいかがなさいますか?」

私はなんとなく次に言われる言葉を予想しながら、土屋さんに伺いました。

「シャトー・ラトゥールをお願いします」

「かしこまりました」

予想通り、土屋さんはポイヤックのワインをお選びになりました。フランス、ボルドー地方のメドックに位置するポイヤック村は、フランスワインの中でも飛びぬけて品質の良いワインを生産することで有名です。その中でもシャトー・ラトゥールは、五大シャトーのうちの一つで、ボルドーワインの格付けでは第一級を誇る高級なワインです。子羊のような脂肪の強い料理には、タンニンのしっかりしたポイヤックの赤ワインがよく合うのです。

「お待たせいたしました、シャトー・ラトゥール二〇〇五年ものでございます」

私は土屋さんにラベルを見せて確認を取ります。頷いた土屋さんを見て、先ほどと同じようにワインのコルクを抜きました。

土屋さんにホストテイスティングをしていただくと、土屋さんはもう一度頷き、私はグラスにワインを注いでいきました。

「相変わらず、美味しいですね」

土屋さんが私を見上げて、口を開きました。

「ありがとうございます。以前にもお越しいただいたことがあるのですね」

「もう、何十年も前のことですがね、この席でお料理をいただいて。そのとき食べた、鴨《かも》のコンフィもとても美味しかった」

思い出すように向かいの席を眺めて、土屋さんは笑いました。

土屋さんの言葉を聞いて、私は思い出しました。前にも同じ席で、フルコースを予約していたお客様がいたのです。あれはシャルールがオープンしたばかりのときでした。三十代後半くらいの男性と、女性の二名で来店して、この一番人目につかない席を男性が希望しました。その男性は、ワインの知識に長《た》けていて、私がお勧めしようと思っていたワインと同じものを、私が言葉にする前に注文したのです。そのときのフルコースのメインは、鴨のコンフィでした。

記憶の中の男性のお顔と土屋さんのお顔が重なり、私はやっと答えが見つかりました。


土屋さんの席を見ていると、私の記憶はだんだんと蘇ってきました。そう、あれは土屋さんが一緒にいらした女性にプロポーズをした特別な夜だったのです。

確か、土屋さんが〝春子〟と呼んでいた寡黙《かもく》なその女性は、笑顔がとても印象的で、土屋さんと一緒にいる時間を、一秒一秒大切にしているような方でした。

鴨のコンフィを食べているときに、土屋さんはそっとテーブルの上に小さな箱に入った指輪を置きました。そして春子さんに言ったのです。

「長い間、待たせてしまってすまない。今さらだけどやっぱり、僕には君が必要なんだ。これから先もずっと、君と一緒にいたい」

きっと、お二人は長く付き合っていたのでしょう。もしかすると、春子さんは土屋さんからそんな言葉を聞くことを予想していなかったのかもしれません。春子さんの顔から笑顔が消え、信じられない現実を目の当たりにしたかのように、土屋さんを見つめていました。

「だけど、僕には君を幸せにする自信がないんだ。ずっと夢だった自分の会社を立ち上げることはできたけど、まだ先が見えない。将来上手くいく保証もない。もしかしたら君に迷惑をかけて、後悔させる日が来るかもしれない。無責任で、自分勝手な願いだけど、それでも僕は君についていてきてほしいんだ」

真剣な土屋さんの瞳に、春子さんはまるで涙をこらえるように、口を噤みました。それから春子さんはゆっくり口を開き、力強く言ったのです。

「どんな未来だとしても、私は絶対に後悔したりしません」

春子さんは差し出された指輪を手に取り、本当に嬉しそうな顔で笑いました。

「あなたについていきます」

迷いのない春子さんの笑顔が、今でもはっきりと頭の中に浮かび上がりました。

いつしか雨はこの時期には珍しく、雷雨《らいう》へと変わっていました。空は先ほどからピカピカと稲妻《いなずま》が光り、明るくなってから大きな音が鳴り響くまでの間隔が、徐々に早くなってきています。

「フロマージュでございます」

土屋さんのテーブルに、コース料理のチーズを運びました。食べ終えたメインの皿と、手のついていないローストの皿を下げ、私はカウンターへ戻ります。

あの日以降、二人がシャルールにいらっしゃったことは多分なかったのだと思います。そのあとの二人がどうなったのか私にはわかりませんが、高橋くんの話だと、土屋さんは自分の会社を見事成功へと導いたようです。でもそれは同時に、土屋さんをさらに忙しくさせたのでしょう。

もしあの花束が春子さんに向けられたものならば、もしかしたら彼女はもう……

ピカッ
まるで花火が上がったかのように、空が明るくなるのと同時に轟音《ごうおん》が鳴り響きました。そしてその瞬間、店内が真っ暗になったのです。

「きゃ！」

店内に誰かの悲鳴が上がりました。

「停電か⁉」

顔は見えませんが、厨房から城田さんが客席へ出てきたようで、すぐ近くで声が聞こえます。

店内はパニック状態になっていて、小さなお子様の泣き声や、お客様たちのざわめきで騒然となっていました。雷は鳴り止まず、落ちてくるたびに悲鳴が上がります。

私は客席の中央へ行き、大きな声で呼びかけました。

「皆様、大変申し訳ございません！　すぐに対処いたします！　足元が見えにくく危険ですので、立ち上がらずそのままでお待ちください！」

ガシャン！

テーブルに置いてあるグラスに誰かの手が当たり、グラスが床に落ちて割れる音がしました。その音に驚いたお客様がまた悲鳴を上げます。

「やっぱりブレーカーが落ちたわけじゃないみたいだ」

すぐにブレーカーを確認しに行った城田さんが、手に持ったライターの灯りを頼りに、私に駆け寄ってきました。

「表通りのほうも暗いみたいですね」

いつもはイルミネーションの光が漏れて通りの向こうは明るいのですが、窓の外から灯りが見えることはなく、真っ暗でした。おそらくこの辺り一帯が停電しているのでしょう。

「オーブンも止まってます！」

高橋くんも慌てて厨房から出てきました。

「これじゃあ冷蔵庫の食材もまずいな」

灯りの回復する気配のない暗闇は、お客様を不安にさせるばかりでした。一刻も早く、この事態を何とかしなければなりません。

「どうする、岡ちゃん」

「何か灯りになるものはないですかね」

とにかく今は、電気の代わりとなる店内を照らすものを見つける必要があります。

「厨房にはコンロの火くらいしか……」

「俺、物置見てきます！　どっかのダンボールに懐中電灯とか入ってるかも！」

城田さんは厨房へ、高橋くんは屋根裏へと動きだそうとしたとき、私の記憶に何かが引っかかりました。火、物置、ダンボール……確かどこかで……

「……そうだ、あの燭台！」

私は思わず、いつもより大きな声を出してしまいました。二人が同時に振り返ります。

「高橋くん！　勝手口にある燭台とろうそくを急いで持ってきてください！」

「はい！」

高橋くんが暗闇の中を走っていきます。

「城田さんは食材の管理をお願いします。長引くかもしれませんので、傷《いた》みやすいものから優先的に」

「おう！」

城田さんも急いで厨房の中へと入っていきました。私は城田さんからライターを借りて、未《いま》だ泣き止まないお子様の席や、不安がっているお客様のもとを回り、声を掛けていきました。

「持ってきました！」

高橋くんがもうかれこれ二十年ほど眠り続けていた燭台とろうそくのダンボールを手に持って帰ってきました。

「私がテーブルに並べていくので、これでろうそくに火を！」

「はい！」

城田さんのライターを、今度は高橋くんに渡しました。私は一つ一つのテーブルにお詫《わ》びの言葉を添えながら、燭台を置いていきます。高橋くんがろうそくに火をつけていき、店内には灯りが少しずつ灯っていきました。

最後に一番奥の土屋さんのテーブルへ回りました。

「ご迷惑をおかけしております。大丈夫でしょうか？」

「ええ」

土屋さんは落ち着いた様子で、私に頷きました。

最後のテーブルに火が灯り、高橋くんがカウンターに戻ってきます。まだ暗がりではありますが、テーブルではお互いの顔が見える程度に明るさを取り戻しました。

「全部つけ終わりました」

「ありがとうございます。燭台がいくつか余ったので、厨房にも置いてください」

「はい」

高橋くんが燭台を抱えて厨房に入ろうとしたとき、ちょうど城田さんが厨房から出てきました。

「そっちはどうだ?」

「なんとか、さっきよりは明るくなりました。厨房は大丈夫ですか?」

「ああ、保冷剤を大量に冷蔵庫に移したから、しばらくは大丈夫そうだ」

「よかったです」

客席からもざわめきはだんだんと消えていきました。そして意外にもこの予想外のハプニングはプラスの方向へと事を運ぼうとしていました。燭台を見たことのないお子様や若いカップルには新鮮に感じられたようですし、年配のご夫婦には「素敵な演出ね」と喜んでいただけたのです。とりあえず最悪の状況からは脱却することができ、私は胸を撫《な》で下ろしました。

「しかし、まさかあの燭台がこんなところで役に立つとはな」

城田さんが腕を組みながら笑って言いました。

「ええ。やはり売るのはもう一度考えたほうがよさそうですね」

解《ほぐ》れた緊張から、私もつられて笑いました。


停電は思ったよりも長引きました。音は遠ざかっていっているようですが、雷は鳴り止む気配がありませんでした。

オーブンは止まってしまいましたが、幸いなことにほとんどのテーブルで、コースのメニューが出し終わっていました。

いつもより暗い店内でしたが、お客様たちは最後のデザートを、燭台の温かい光に照らされたテーブルでゆったりと召し上がっていらっしゃいました。

私はほかに何も問題が起きぬよう、カウンターから注意をはらって全体を見ていました。

ゴロゴロ……

大きく空が唸《うな》ります。

一番奥の席で小さくろうそくに照らされた土屋さんが、空いている向かいの席を心配そうに見て呟きました。

「……そこにいるんだろう、春子」

何かを思い出した様子の土屋さんは、口元を緩ませて少し笑いました。

「君は昔から雷が苦手だったから、雷雨のときはいつも僕のそばにいた。邪魔になるからと言って、仕事のときは連絡してこなかったのに、雷のときだけはいつも電話をかけてきたよな」

手に持っていたフォークを皿の上に置き、テーブルの上に肘《ひじ》をついて両手を組みました。その姿は、ここがレストランであることを忘れ、向かいにいる誰かに気を緩めているご様子でした。

「春子、君に話したいことがたくさんあるんだ。何から伝えたらいいんだろう」

優しい眼差しで、誰もいない花束の席を見つめます。

「君が育てていたビオラが、昨日一つ咲いたんだ。小さくて、薄桃色の可愛らしい花だったよ」

答えるように、テーブルの上の燭台の火が小さくゆらっと揺れました。

「あと、お隣の柴田さんのところに最近二人目が生まれたらしい。長男が生まれたばかりのとき、泣き声が元気すぎて全然眠れなかったことを思い出してね。僕はまた夜泣きで眠れない日が続きそうだ」

参ったという顔で土屋さんが笑います。

「それから、この前君が美味しいと言っていた三丁目の喫茶店の珈琲を飲んだよ。たしかに美味しかったけど、僕は昔君と飲んだここの珈琲のほうが好きだな」

土屋さんの言葉は、周りの闇に吸い込まれるように空気中に溶けていきます。口を開きかけた土屋さんは次の言葉を呑み込んで、眉を顰めました。

「……ちがうんだ。僕が言いたいのは本当はこんなことじゃなくて……」

薄暗い店内の中で、それぞれのテーブルでは燭台の灯りに顔を寄せて会話を楽しんでいたので、土屋さんが一人で話していることは誰一人気に留めていませんでした。

「……春子。君がいない日々を僕はどう過ごしていたのか、もう忘れてしまったよ……わかっているんだ。今さらこんなことを言っても、もう遅いことは」

物言わぬその席は、静かに土屋さんの話を聞いていました。

「いつもそこにいるのが当たり前のように思っていた。仕事でどんなに遅く帰ってきても、君はいつも灯りをつけて待っていてくれた。毎日メニューの違う夕食を作って、僕の向かいに座って、どんなにつまらない愚痴《ぐち》でも君は笑いながら頷いて聞いてくれたね」

春子さんがいた毎日を、二度と戻ってこないその温かな日々を、土屋さんは一つ一つ思い返しているようでした。

普段生活している一日、一日が、その時は日常に思えても、失ってからどれだけその時間に自分が満たされていたのか気づく時があります。私にも昔ありました。ただそのころは、いつか失うなんてことを考えてもいませんでした。

「君の写真を探しても、一枚も見つからなかった。それで気づいたんだよ。結婚してから三十年間、僕はどこにも君を連れて行かなかったことに。旅行も、こうやって外に食事に行くことさえも。なのに、僕の記憶の中の君は、いつも笑っているんだ。僕は仕事ばっかりで、君に何一つしてあげられなかったのに……

僕はきっと、三十年前にここで君が言った言葉に、ずっと甘えていたんだ。『どんな未来でも、私は絶対に後悔しない』と言ってくれた君に」

土屋さんは手を自分の膝に載せ、小さく頭を下げました。

「すまない、春子……君は何も言わなかったけど、僕の知らないところで、君はたくさん寂しい思いをしていたんだろう？　……気づいてあげられなくて、すまない」

顔を上げた土屋さんを、揺れているろうそくの火がオレンジ色に染めていきます。

「最近毎日考えているんだ。君は僕を選んで、本当に幸せだったのかなと」

土屋さんの目には確かに、向かいの席に座っている春子さんが映っていたのでしょう。だけどその問いかけに返答することはなく、ただただ静かに、そして穏やかに、春子さんは微笑んでいたのだと思います。

「でも、問いかけるたびに、僕の頭の中は君の笑顔で溢れるんだ。悲しいほどに、僕は笑顔の君しか知らないから……

本当に僕はばかだよな。君がいなくなってからこんなにも……こんなにも君の大切さに気づくなんて……君もそう思うだろ、春子」

片方の目から、溢れた涙が一筋頬を伝いました。

「愛してるよ」

土屋さんは手で涙を拭い、恥ずかしそうに笑いました。

「なんて言ったら、君はまたそうやって笑うんだろう?」

そのときでした。ぱっと店内の照明が一斉につき、一瞬にしてシャルールは明かりに包まれました。

客席からは歓声が上がり、安堵《あんど》のため息が漏れます。

土屋さんは、誰の姿もない向かいの席を見ると、夢から覚めたようにろうそくの火を静かに吹き消しました。

その煙の向こう側に、私の目には記憶よりも年を重ねた春子さんが微笑んでいるように見えました。

気がつけば雨の音は段々と弱まっていき、シャルールにはいつものゆったりとした雰囲気が戻っていました。

「チョコレートスフレでございます」

私は土屋さんの席へデザートを二つ運びます。

「珈琲もお願いします」

「かしこまりました」

私はカウンターへ戻り、棚に並べられたたくさんの瓶の中から珈琲豆を二つ選んでブレンドし、珈琲ミルで豆を挽きます。

その時刻になると一つ、また一つと席が空いていき、いつの間にか土屋さんの席を残して誰もいなくなりました。

「お待たせいたしました。珈琲でございます」

土屋さんはカップに注がれた珈琲の香りを楽しみ、ゆっくりと口へ運びました。

そして幸せそうに微笑み、向かいの席を見るのでした。

時間をかけてゆっくりと珈琲を飲み終わり、土屋さんは花束を手に持って席を立ちました。

お会計を済ませて外に出ようとしたとき、土屋さんは立ち止まってこちらを振り返り、満面の笑みで言いました。

「素敵な時間をありがとう」

ありがたいお言葉に、私も自然に笑顔がこぼれました。

「またのご来店、お待ちしております」

私は心を込めてお辞儀をし、土屋さんはドアを開けると雨の上がったクリスマスの街へと歩いていきました。

澄んだ空気の夜空には、小さな星たちが流れていく雨雲の隙間《すきま》から顔を出して輝きはじめていました。

土曜日の秘密

「誰も来ないっすね……」

高橋くんが頬杖をつきながら呟きます。

忙しかった年末年始は瞬く間に過ぎていき、気がつけば今年に入ってもう一か月が経っていました。まだいくらか寒さの残る気候の中でも、時折見せるお日様の温かさに、春がそこまでやってきているのを感じます。

「まあ、こんな日もありますよ」

毎年二月に入ると客足が減ってしまうのですが、今日はもう開店してから一時間半ほど経ったでしょうか、一向にお客様が来る気配がありません。

「誰も来なかった日とか、あったんですか？」

素朴な疑問が高橋くんの口から出ました。

「それは今まで一度もなかったなぁ。どんなに客が来ない日でも、必ず一組は来店してたよな？」

「ええ、そうですね」

シャルールをオープンしてから今日まで、客入りの少ない日は何日かあったのですが、一人も来なかった日は一度もありませんでした。すると高橋くんはニヤニヤして言いました。

「じゃあ、もしかしたら今日が開業三十一年目にして、初めての日になるかもしれませんよ」

「お前、嫌なこと言うなよ」

「じゃあ賭けませんか？　ラストオーダーまでのあと一時間の間に、一組でもお客さんが来るかどうか」

高橋くんが急に起き上がり、何か企んでいるような顔で私たちを見ました。この暇な状況を、面白く変える方法を見つけたみたいです。

「何を賭けるんだよ？」

城田さんは賭けるものによっては考えないこともないような感じで、腕を組みました。

「来週の掃除当番はどうですか？」

すかさず高橋くんが言いました。掃除当番というのは、仕込みよりも三十分ほど早く来て店内のお掃除をする係なのですが、高橋くんが来る前までは私と城田さんが交代でやっていたのを、今は高橋くんの仕事として毎週やってもらっているのです。

「お前が掃除したくないだけだろ！」

「たまには代わってくれたっていいじゃないですか！」

「ばかやろう！　掃除は見習いがやるものなんだよ！」

城田さんと高橋くんの言い争いが始まってしまいました。私は二人をなだめるように言いました。

「まあ、いいじゃないですか。やりましょうか、賭け」

私の言葉に驚いた城田さんが、喧嘩をやめて私を見ました。

「どうしたんだよ、岡ちゃん。珍しいな」

「たまにはいいんじゃないですか」

見習いと言っても、高橋くんだけにお掃除をしてもらうのも申し訳ないですし、私には信じていることもありました。

「岡崎さんはどっちにします？」

高橋くんが嬉しそうに窓から身を乗り出して私に聞いてきます。

「私はいらっしゃると思いますよ」

「まじっすか？　じゃあ、俺は来ないに賭けます！　城田さんは？」

「さすがに一組くらい来るだろ、たぶん……」

「でも、もう営業時間の半分も経ってるのに客ゼロっすよ？　それにたしか今日、テレビですげー話題になってたドラマの放送日だったような……」

「え？　あのドラマ今日だったのか？　ウチの奴も前から楽しみにしてたんだよなぁ」

高橋くんの発言に惑わされた城田さんは、頭を抱えて悩みはじめました（そんなに掃除当番がやりたくないのでしょうか）。高橋くんはしてやったりという顔で城田さんを見ます。

「どっちにするんっすか？」

「……もしかしたら、初めての日、ありえるかもな」

「そんなにおもしろいドラマなんですね」

「え⁉　岡崎さん知らないんですか？」

高橋くんが信じられないという顔で私を見ます。私はあまりテレビを見ないので、まったく話題についていけませんでした。

「大人気シリーズで、待望の続編だからな。たぶん国民中が楽しみにしてるはずだぜ」

「岡崎さん、もうちょっとテレビ見たほうがいいっすよ。世間に置いていかれますよ？」

心配するように高橋くんが私に言います。

「そうですね、勉強しておきます」

「ま、そこが岡ちゃんのいいところでもあるけどな」

城田さんは笑って私の背中をぽんぽんと叩きました。

いつもは賑やかな表通りも、今日だけは人通りが少なく街全体が夜に呑み込まれてしまったかのようでした。

「あと十分切りましたね」

高橋くんが店の掛け時計を見て言いました。あっという間に時間は流れ、気がつけばもうラストオーダー五分前です。

「本当に誰も来なかったな」

城田さんは腕を組みながら、来ないに賭けて良かったというように口元をにやつかせました。

「もう厨房片づけはじめちゃっていいっすよね？」

高橋くんは厨房の奥へ行き、食材を片づけはじめます。

「残念だったな、岡ちゃん。どうやら俺らの勝ちみたいだぜ」

まるで悪人のような捨て台詞を残し、城田さんも厨房の片づけへ向かいました。

「来週、掃除当番お願いしまーす！」

奥から嬉しそうな声で高橋くんが叫びます。

私は一つため息をつき、後ろの壁にもたれ掛かりました。どうやら私は、この賭けだけではなく、自分との賭けにも負けてしまったみたいです。

窓の外では、街灯の電球が切れかかっているみたいで、五秒に一回くらいちかちかと点滅していました。静かな店内にＢＧＭだけが響きます。私は目を閉じて、音楽に耳を傾けました。

そのときです。音楽ではないコツ、コツという小さな音が耳の奥で聞こえた気がしました。

私は壁から身を起こしてその音に耳を澄ませました。それは幻聴ではなく、確かに少しずつ大きくなって私の耳に聞こえてきます。

そう、それは一直線の路地裏を歩く、勝利の足音でした。

カラン……

ゆっくりと静かに開かれたドアから、冷たい夜風が店内に流れ込みます。そこから一人の女性が顔を覗かせました。

「いらっしゃいませ」

「まだ大丈夫かしら？」

落ち着いた優しい声で女性は私に問いかけました。

「ええ、大丈夫ですよ」

私が答えると、女性はほっとしたように笑って店内に足を踏み入れました。彼女の左手にはステッキが握られていて、それを支えに歩いているようでした。

「よかった。ずいぶん静かなのね」

「恥ずかしながら、お客様が本日最初のご来店です」

「あら、じゃあ今夜は私が一番？　ふふ、なんだかいい響きね」

女性は右手で口元を隠して小さく笑いました。

見た目や話し声からすると、私や城田さんと同世代くらいの方でしたが、立ち振る舞いや話し方はとても若々しく、美しい女性でした。

「お席にご案内いたします」

「カウンター席、座っても構わないかしら？　一人なの」

「構いませんよ。どうぞ、お好きな席へ」

するとお女性は、ステッキを突いてゆっくりとカウンターの真ん中の席まで歩き、腰を下ろしました。私はカウンターの中に入りメニューを渡します。

「こちら、メニューでございます」

「今日は街も静かなのね。人通りが少なかったわ」

受け取りながら女性は言いました。

「そうですね。どうやら、今日、世間で話題になっているテレビドラマが放送されるらしいですよ」

私は先ほど入手したばかりのその情報を、さも自分のもののように提供しました。すると女性は顔を上げて、笑います。

「そうなの？　だめね、私、そういうことには疎《うと》くて」

私も笑い返しました。

「私もです」

「決めたわ。前菜にレギューム・ア・ラ・グレックと、スープはショードレ。メインは牛肉のミロトンで、食後にタルト・タタンをいただこうかしら」

女性はメニューを閉じ、私に渡しました。

「かしこまりました」

「こんな時間からごめんなさいね。とてもお腹空いていたの。あと、最後に珈琲を一杯お願いできる？」

女性は上目遣いで私を見ます。ぱっちりとした大きな黒い瞳が、どこか私の胸に懐かしさを感じさせました。

「はい。少々お待ちください」

私は伝票を持って厨房に入りました。ラストオーダー二分前でした。

まったくドアが開く音に気がつかずに片づけを進める二人の後ろから、私は言いました。

「オーダー入りました」

「え!?　まじっすか？」

すごい勢いで高橋くんが振り返ります。

「やっぱりお客さん来たのか……」

城田さんは失敗したと言わんばかりに、目を閉じて額を右手で覆いました。

「賭けは私の一人勝ちですね」

悔しがる二人の前に私は伝票を置き、カウンターへと戻ります。

「高橋！　準備しろ！」

「はい！」

若干機嫌の悪い感じで、城田さんが指示を出しました。高橋くんも再び準備を始めます。


「ショパンのノクターンね。素敵。私、この曲好きなの」

女性は目を閉じてＢＧＭに耳を傾けました。

「昔からね、土曜日の夜になると美味しいものが食べたくなるの。一週間頑張った自分へのご褒美にね」

私はゴブレットを女性の前に置き、お水を注ぎます。

「そうしたら、路地裏に小さな光が見えるじゃない？　惹きつけられるように入っていったら、こんな素敵なレストランに辿り着いたわ」

「ありがとうございます」

私はトーションでピッチャーの口を拭き、頭を下げました。女性はゆっくりと首を左右に向けて、誰もいない店内を見渡しました。

「不思議ね。なんだかとても懐かしい気持ちになるわ。初めてここへ来たのに」

そして私の方に向き直って言いました。

「もう長くここでやってらっしゃるの？」

「今年で三十一年目になります」

「そう」

その瞳は、今度はどこか遠くを見ているようでした。

「表通りはずいぶん変わってしまったのね。角にあったお花屋さんも、焼きたてのいい匂いがするパン屋さんも、みんななくなっていたわ」

彼女が見ていたのは、ビルが立ち並ぶようになる前の、商店街だった表通りの風景でした。

私がまだ若いころからあったお店たちです。そういった小さなお店は、長い年月の中で一つ、また一つとなくなっていきました。

「この街をよくご存じなんですね」

「昔ね、この近くに住んでいたことがあったのよ。もうだいぶ前のことですけどね。……ガラス工房も閉まってしまったのね」

女性が悲しそうに言いました。

「はい、昨年末に閉店してしまいました。長いこと、この街で頑張っていらしたんですが……」

「そうなの……。仕方ないことだわ、時代が変われば、需要も変わりますものね」

悲しみをはらんだその笑顔は、物事の移り変わりをすべて定めなのだと受け入れた大人の表情でした。

「ええ、そうですね」

私も同じ気持ちで、微笑みを返します。

「なんだか、昔の話をしたい気分だわ……。マスターさん、次のお客様が来るまで、私の話に付き合ってくれるかしら」

多分今日はもう、次のお客様は来ないかと思いますが、私は素直に彼女のお話が聞きたいと思いました。

「はい、もちろんです」

私がそう答えると、彼女は嬉しそうに笑いました。彼女の目の奥には昔の街の風景が蘇ってきているようです。

「あれからどれくらい時が経ったのかしら……。いろいろなことがあったけど、今でもこの街の思い出が鮮明に記憶に残っているわ」

カウンターに置かれたゴブレットを手に取って、水面に映ったご自分の顔をじっと眺めていました。

「ずっと忘れられない人がいるの。笑顔がやわらかくて、心優しい一人の青年。そのころは、私も今よりずっと若かったのよ？」

「はい」

私は笑いながら頷きます。

「そうね……たしか私が二十二歳のときだったわ。この街で初めて彼に出会ったの」

彼女の口元は緩み、優しい表情をしていました。

「私、小さなころある病気を患ったの。生活はふつうにできたし、命に関わる病気ではなかったのだけど、進行性のものだった。その病気には治療法がなくてね、一生付き合っていかないといけないと知って、子供だった私はなかなか受け入れられなかった。そのころの私はいつも落ち込んでいたわ……

　それが原因で上手く話すことができなくなって、人と関わるのが苦手だったのよ。だから学校に行くのがいつも嫌だった。そんな私に父が言ったの。〝一週間頑張ったら、土曜日の夜は美味しいものを食べに行こう〟ってね。私はその言葉を励みに頑張って毎日学校へ行ったわ。そして約束通り父は土曜の夜に美味しいレストランに連れて行ってくれた」

　いつもはカチカチと時を刻む掛け時計も、彼女の話に耳を傾けているようです。

「それから、毎週とまではいかなかったけど、土曜になるといろんなレストランに連れて行ってくれたの。気がついたら、そんなに学校へ行くのが嫌じゃなくなっている自分がいた。病気のこともね、少しずつ受け入れることができて。それも私の個性だと思えばいいじゃないって考えたら、まるで世界が変わったかのように私は明るくなったのよ。知らない人にだって、自分から近づいていけるくらいにね」

　カウンターの窓から、話の邪魔をしないよう、城田さんが静かに前菜の皿を置きました。小さく私は頷き、その皿を受け取ります。

「レギューム・ア・ラ・グレックでございます」

　私は控えめな声で前菜をカウンターに置きました。レギュームとは野菜、ア・ラ・グレックはギリシャ風という意味で、あらゆる野菜をマリナード（お酒や香味材料を加えて煮たものです）で火を通し、冷やした状態でお出しするシンプルな前菜です。

「いただきますわね」

女性はフォークでカリフラワーをすくい、口へ運びました。彼女は目を閉じ、口の中で広がる野菜の香味をしっかり味わっていました。

「美味しいわ」

「ありがとうございます」

女性は二口目を食べ終わったあと、話の続きを語りはじめました。

「私が高校を卒業する直前に、父と母は交通事故で亡くなってしまったの。だから私は進学を諦めて、就職することにした。でも、働いたことなんてなかったし、病気のこともあって、職場に上手く馴染めなくてね。家に帰っても一人ぼっちで、毎日が憂鬱《ゆううつ》だった。学校に行くのが嫌だった子供のころに戻ったみたいに。その時思ったのよ。子供の私を救ってくれたように、美味しい料理がまた私を助けてくれるんじゃないかって。

一週間が終わった土曜日の夜、私は帰り道の途中に近所のレストランの前を通ったの。ご夫婦が経営する、小さな洋食屋さんなんですけどね。そのお店の窓からはいつも優しい光が溢れていて、私は光に誘われるように中に入ったわ。そこでビーフシチューをいただいて、気がついた。ああ、これだって。私が欲しかったのは、この温もりだったんだって。心が空っぽだったからこそ、染み込んだのかもしれないけれど。でもその料理で、明日も頑張ろうって思えた」

当時おそらく十八歳の彼女には、大きすぎる環境の変化だったと思います。人並みに生活をして、当たり前のように進学をしていた私には、きっと想像もつかないほどに。しかし、そんな彼女を温かく迎え入れたのがレストランであったことに、なぜか私は喜びを感じました。

「仕事は相変わらずつらかったのだけど、私には楽しみが一つできた。それは、一か月が終わる最後の土曜日に、美味しい夕食を食べにレストランに行くこと。さすがに毎週末行けるほど、裕福な暮らしじゃなかったから。でもその日を励みに、私はなんとか仕事を続けられたわ。

そんな生活が、三年くらい経ったときだったかしら。私はこの街にあった、ある小さなレストランに入ったの。もちろん、初めて入ったお店よ。レンガ造りのおしゃれなお店で、最初はレストランだと気づかなくて、ずっと気になっていたのよ」

まさに宝の地図を手にした子供のように、彼女の目は輝いていました。

「中に入ったら店内もこぢんまりしていて、テーブルの間隔も手を伸ばしたら届きそうなほど近かったのだけど、とても雰囲気のある素敵なお店だった。私は一番奥の二人掛けの席に案内されたわ。すぐ隣にはもう一つ二人掛けのテーブルがあって、そこには私と同じ歳くらいの若い男性が一人座っていた。席が近かったから、私は斜め前に対面するようなかたちで座ったわ。

そしてメニューを開いて見ていたら、どれも美味しそうで迷ってしまってね。

その時、私は気がつかなかったのだけど、レストランの入り口のほうで何かトラブルがあったみたいでね、ウエイターさんとご婦人のような方が揉《も》めていたの。そうしたら、そのウエイターさんが私のテーブルに駆け寄ってきて、慌てた様子で何か言っていたのだけど、早口で私にはよくわからなくて。私、話すことも苦手だったから、返答に戸惑っていたら、隣の席の男性が私の代わりにウエイターさんに答えてくれたの。するとウエイターさんは男性にお辞儀をして、ご婦人の方へ戻っていった。何が起こったのかわからなくて、私は斜め向かいの男性を見たら、彼は私に優しく笑って〝大丈夫ですよ〟って言ったの。その一言に、私なぜかすごくほっとしたのよ。まったく知らない人なのにね」

彼女はアーティチョークを一口だけ口へ移しました。

「あとから知ったのだけど、その時ね、ご婦人は私が入る前に私のいた席で食事をしていて、店を出てから着けていたイヤリングが片方ないことに気がついたんですって。それで店に戻ってきて、ウエイターさんに『どこかに絶対落ちているはずだから、くまなく探してちょうだい！』って騒いでいたの。どうやらそのお店のお得意様だったみたいね。ウエイターさんは慌てて、私の席に落ちていないか確認していいかを聞いていたみたいなのだけど、その時男性はこう言ったの。『その席には何も落ちていませんでしたよ。それと、そのイヤリング、外れやすいと言って先ほどご自分で外して眼鏡ケースに入れていましたよ』って。

私は彼にお礼を言ったわ。彼は微笑みながら首を横に振った。そのとき彼が飲んでいたスープがとても美味しそうでね。私も同じものを注文したの。そうしたら〝お一人ですか?〟って彼が私に尋ねてきたの。私は驚いたのだけど〝ええ、あなたも?〟と聞いたら〝はい。友達が少ないので〟と彼は笑いながら答えた。〝私は土曜日になるとレストランに行きたくなるの〟と私が言うと、〝どうして?〟と彼は聞いたわ。〝つらいことの後に、美味しいものを食べたら元気が出るから〟と答えたら、〝つらいことがあるの?〟と聞かれたの。今日初めて会った見ず知らずの人に、弱音を吐くのなんてどうかと思ったのだけれど、私はなぜかすべてを吐き出していたわ。今まで言葉にできなくて、ずっと一人で溜め込んでいたこと全部。いつも人の目を気にして生きていたこと、人に迷惑をかけたくなくて努力しても上手くいかないこと、そういう自分の気持ちを人にきちんと伝えられないこと……。逆に、私のことを知らないからこそ、話せたのかもしれないわね。今思い返すと、すごく恥ずかしいけれど」

残りのアーティチョークを口に含み、それがなくなるまでの間、彼女は黙ったまま優しい表情をしました。

「でもね、彼は笑わずに最後まで私の話を真剣な顔で聞いてくれた。話し終わると彼は私に言ったわ。〝完璧な人間なんて、この世に一人もいない〟と。〝だから君はそんなこと気にする必要はないよ〟って言う彼の言葉に、私の胸はすっと軽くなったの。最後に彼はこう言った。〝君はよく頑張っている〟」

きっとその言葉は、彼女の胸の引き出しの中に大切に仕舞われていたのでしょう。それを語る彼女の顔を見れば、彼女にとってどれほど大きな言葉だったのか私にもわかります。

「私はその場で泣いてしまったわ。かっこ悪いわよね。でも止まらなかったの。きっと私は、ずっと誰かにそう言ってもらいたかったのよ。嘘でもいいから、よくやってるって認めてほしかった。私が待ち望んでいたその言葉を、思いもしないところで言われたものだから、感情が抑えられなくてね……」

今思えば、きっと彼は困っていたでしょうね。だってそうでしょう？　隣でいきなり、よく知らない女性が泣きだすのですもの。もしかしたら、自分が泣かせたと周りに思われるって不安にさせていたのかもしれないわね。だけど、彼は嫌な顔一つせず、そっと私に自分のハンカチを差し出したわ。そして私が泣き止むまで、何も言わずに見守っていてくれた」

思い出の中の一人の青年の姿が、彼女の瞳には映っていました。

「それが最初に言った、今でも忘れられない彼との出会いだったの。それから何度か、土曜日に一緒にレストランをめぐるようになって、お互いの家にも行き来するようになっていたわ。そんな関係が半年くらい続いたころには、彼は私にとって、とても大切な存在になっていた。

彼も同じ気持ちでいてくれて、私たちは恋人になったのよ」

彼女はカウンターの後ろの棚に並んだ、珈琲豆が入っているキャニスターを懐かしそうに眺めました。

「彼はね、とても珈琲を淹《い》れるのが上手かったの。彼の家に行くたびに、いつも美味しい珈琲を出してくれたわ。ちゃんと豆から挽いてね。ある日、〝飲んでみて〟と言って彼が一杯の珈琲を出したの。それはね、とっても苦いのだけど、どこか優しい味がした。初めて飲んだ味だったわ。〝今まで飲んだ珈琲の中で一番美味しい〟と答えたら、彼は嬉しそうに笑って〝これは君のためにブレンドしたんだ〟と言ったの。そして得意げな顔で言うのよ。〝世界中で僕にしか作れない味だよ〟って」

空になった皿の上に、彼女は音を立てないようにフォークを置きました。そして切なく笑いながら、椅子の背もたれに寄りかかります。

「後になって、彼が言ったことが正しかったと気がついたわ。だって、そのあとどこに行ってもその味にめぐり合うことはなかったもの、未だにね。今でもはっきりとあの珈琲の味は思い出せるのに」

私は空いた皿を静かに下げました。

静寂に包まれた表通りを家路に急ぐ僅かな人たちは、その寒さに足元ばかり見て歩いているものですから、凍えそうな夜空に美しい満月が浮かんでいることに誰も気づいてはいないのでしょう。

しかし私は知っていました。ついに力尽きた街灯が裏路地を闇に包んでしまいましたが、いつもより明るい月の光が窓の外から差し込んできていたからです。

「ショードレでございます」

私は女性の前に、冷え込んだ外の気温さえ忘れるほど温かなポタージュを置きました。舌平目やカレイを白ワインやバターなどで煮た魚介のスープです。

彼女は丸い大きなスープスプーンを手にとりました。

「表通りにあったガラス工房、小さなショーウインドウがあったでしょ?」

「ええ」

「あの端にいつも飾られていた、赤くて小さなガラスのバラ、わかるかしら」

彼女は右に首を傾けて私を見ます。

「はい、丸いガラスケースに入っていたバラですよね」

通りから見えるガラス工房のショーウインドウには、目を奪われてしまうほど美しい色とりどりのグラスが置かれていたのですが、その奥の左端には透明なガラスケースに入った、深い真紅《ルージュ》のガラスのバラが飾りとして展示されていました。

「そう。私ね、あの美しいガラスのバラが大好きだったの。表通りを通るたびに、ショーウインドウの前で足を止めていつも眺めていたわ」

彼女は一口舌平目を食べました。長時間かけて煮込まれた舌平目は、溶けるように口の中で身がほぐれていきます。

「そんな私に、彼はいつも付き合ってくれた。何も言われなければ、そのまま何時間でも眺めている私を、横で優しく笑って見ていたわ。〝きれいね〟と私が言うと、いつも彼は〝そうだね〟って返してくれた」

それは二人の決まりごとだったのでしょう。何気ない会話でさえ、宝物のように彼女の胸の中に残っているようでした。

「彼がね〝バラが好きなら、角の花屋さんで買ってあげるよ〟と言ってくれたんだけど、私が欲しかったのは普通のバラじゃなくて、あのガラスのバラだったのよ。だって、普通のバラはどんなに美しくてもすぐに枯れてしまうけれど、ガラスのバラはどんなに時が経っても美しく咲いていられるでしょう？　そうしたら彼が言ったわ。〝そんなに欲しいのなら、店主に言ってみたら？〟って。もちろん、私も初めてあのバラを見たときに、欲しい！　と思って店の方に聞いてみたのよ。そうしたら、あのバラは先代から受け継がれているもので、売り物じゃないから売れないのだと言われたわ。でも諦めきれなくて、それからもずっと眺めてた」

今でもそれが心残りなように、彼女はため息を漏らしました。そう言えば、ガラス工房の店主はとてもいい人なのですが、昔からこだわりが強くて、この街では頑固《がんこ》で有名な方でした。

「それを聞いた彼が、〝じゃあ、もし僕があのバラを手に入れて、君に渡したらどうする？〟と笑いながら言ったの。私は少し考えてから答えた。〝あなたと結婚するわ〟と」

照れながら、彼女はまるで少女のように頬をガラスのバラと同じ色に染めて笑いました。

「笑ってしまうでしょう？　それだけのことでって。確かにバラが欲しかったのもあるけれど、そういうことじゃないのよ。私は本当に彼が好きだったの。明るく振る舞っていても、心の中ではいつもコンプレックスの塊《かたまり》だった私を、そのままでいいんだよって全部受け止めてくれた。彼といるときは、気を張らずに素《す》の自分でいられた。だから、彼と過ごす時間が人生の中で一番心地よかったの。素直に、幸せだなと思えたわ」

遠くを見つめる彼女の柔らかい表情は、本当に幸せだったことを物語っていました。

彼女が店に来てから、一時間ほど経ちました。通りを歩く人の姿も消えていき、夜が少しずつ更けていきます。

「牛肉のミロトンでございます」

熱々のメイン料理を彼女の前にお出ししました。ポトフに使う牛肉を薄切りにしグラタン皿に並べ、炒めた玉ねぎを牛肉の煮汁とワイン酢で煮たソースを上からかけ、パン粉とチーズを載せて焼いたグラタンのようなイル・ド・フランス地方の料理です。

「幸せな香りね」

目を閉じて体中に香りを吸い込むと、大きく息を吐きます。

「こんな時間から食べたら太っちゃうかしら」

そう言いながらも、彼女は牛肉を一口大に切って口に運んでいました。そして幸せそうに微笑みます。

「お気に入りの店になりそう」

嬉しいお言葉に、私は頭を下げます。

彼女はしばらく黙ったまま、しっかりと味わうように食べていました。ミロトンが半分ほどになったとき、彼女は悲しそうな瞳で呟きました。

「童話や物語の世界では、お姫様と王子様は永遠に幸せに暮らしていけるけど、現実の世界ではやっぱり、〝幸せ〟なんて長くは続かないものね」

彼女はスプーンを止めて皿の縁へ置きました。それは彼女の物語が佳境《かきょう》に入ったことを示していました。

「それからしばらくして、私は交通事故に遭ったわ。信号無視して走ってきた車に気がつかず跳ねられてしまったの。幸い、命に別状はなかったのだけど、病院のベッドで目覚めた私は言葉を失ったわ。下半身がまったく動かないの。自分の足である感覚がまるでなかった」

彼女は自分の足を痩せた両手でさすりました。当時のことを思い出したのか、その手は震えているようでした。

「医者から今の日本の医学では直すことができないと言われて、私は目の前が真っ暗になった……自分で歩くことすらできないなんて、これから先、私はどうやって生きていけばいいのかわからなかった。支えてくれる家族もいないし、自分で働かなければ暮らしてもいけない……未来に絶望したわ……

それから毎日泣いて過ごしていた。もちろん、一人でね。泣いている姿なんて、誰にも見せたくなかったから。心配した彼は、毎日お見舞いに来てくれた……だけど私は生きる気力を失って、何も話せなかった」

彼女の声は震え、悲しみと絶望の淵をさまよった当時の心情が、そのときのまま襲い掛かっていました。

「彼が言うの。〝心配しないで。入院費は僕が稼ぐから〟って。〝僕が一生、君を支えるから〟って。そんな彼の優しさが、逆につらかった。だってそんなことできるはずないじゃない。未来のある彼が、未来のない私のために一生を懸けるなんて。私のせいで、彼の未来まで奪ってしまうことは、私には耐えられなかった」

感情の高ぶった彼女の眉間にはしわが寄り、涙を浮かべた表情で首を横に振りました。そして一度水を飲み落ち着くと、ひとつ大きく息を吐きます。

「私は悩んだ挙げ句……自殺しようと思ったの」

小さな声で、そのときの彼女が辿り着いた決断を口にしました。

「車椅子に乗って、一人で病院の屋上まで行ったわ。屋上の縁で、私は柵《さく》をつかんで登ろうとした。そのとき、後ろから誰かに肩をつかまれたの。驚いて振り返ると、スーツを着た知らない男性が後ろに立っていた。そして男性は私に言ったわ。〝君はそんなに美しいのに、どうして命を絶つ必要があるのだい？〟と」

彼女は再びスプーンを手に持ち、最初より冷めたミロトンをゆっくりとすくいます。

「話を聞くと、その男性はアメリカで最先端の医学を研究しているお医者さんだった。その日はたまたま、私の入院していた病院で講義をするために帰国していたらしいわ。そしてその男性は信じられないことを言うの。〝向こうの最先端の医学で、君の足は治るかもしれない。僕と一緒に来ないか？〟って。私が〝手術を受けるお金なんてない〟と言うと、〝治療費は全額僕が負担するよ。そのかわり、僕と結婚してくれないか〟と言ったわ。

　あまりにも突然の話に驚いて、何も返せずにいると、私を探しに来た看護師さんが大慌てで飛んできたの。看護師さんはすごく怒っていたのだけど、その姿はまったく目に入らなかった。看護師さんがそのまま、車椅子を押して病室に帰ろうとしたとき、最後に男性は私を引き止めて言った。〝僕は本気だよ。一週間後、答えを聞きに君のところへ行く。それまでに考えておいてくれ〟」

　彼女はミロトンを口に運び、ゆっくりと目を閉じます。それは料理を味わっているのではなく、その答えを今でも悩んでいるような仕草でした。

「それから一週間、私は誰とも会わずに考えたわ。彼は相変わらず毎日お見舞いに来てくれたけど、私は会わなかった。会ってしまったら、私の考えがいつまで経ってもまとまらなくなると思ったから」

　彼女の未来を大きく左右するその答えを、どんな気持ちで考えていたのでしょうか。目を閉じたままの彼女は、きっとそのときと同じ姿なのでしょう。

「一週間が過ぎて、本当にあの男性は私の前に現れた。〝答えは出たかい？〟と聞くその男性に、私は言った。〝あなたについていくわ〟と」

開かれた瞳は、悲しそうに私を見つめます。

「それが私の出した答えだった。散々考えて、やっぱりそれが一番いいと思ったのよ。彼のためにも、私のためにもね。本当に彼が大切だったから、彼の明るい未来に私が重荷になるのは嫌だった。たとえもう二度と会えなくなるとしても……」

途切れていく彼女の言葉には、悲しさと愛しさが詰まっていました。私は小さく相槌を打ちます。

「それから私は彼には何も言わず、病院を去ったわ。居場所を探させないように、事情を知っていた先生や看護師さんたちにも口止めをして。彼の気持ちを考えると、胸が張り裂けそうだったけど」

彼女は自分の胸を押さえて、その痛みを受け止めるように深呼吸をしました。彼女の話はどんな場面でも、青年のことを思う気持ちで溢れていました。

「アメリカに渡ってから、私は何度か手術を受けた。それから毎日毎日リハビリをする生活が何年も続いて、やっと今のステッキをついて自分で歩けるようになる状態まで回復したわ。そして私は、約束通り手術を受けさせてくれた男性と結婚した。それが私の主人よ」

彼女の顔に、先ほどまでとは違う、どこか切なそうで優しい笑顔が戻りました。

「だけどその主人も、三年前にこの世を去ってしまったわ……。でもね、彼と結婚したこと、後悔してないのよ。本当に私のことを大切にしてくれたし、先の見えなかった長くつらいリハビリも、いつも私を励まして、支えてくれた。主人があのとき、自殺を止めてくれなければ、私は今ここにはいなかっただろうしね。そして何より、主人は私にもう一つの奇跡を起こしてくれたのよ」

彼女は「なんだと思う?」というように私を見ます。私はわからず、首を横に振りました。すると彼女は食べ終えた皿の上にスプーンを置き、両手で自分の耳を軽く塞《ふさ》ぐように押さえるのでした。

「一番初めに話した病気のこと。実はね、私、小学五年生になったくらいから、耳が徐々に聞こえづらくなっていったの」

それは彼女の物語を紡《つむ》ぐのに、とても重要なものでした。

「中学に上がるころにはもうほとんど聞こえなくなっていた。自分の声も聞こえなくて、上手く話せなくなった。周りが何を話しているのかわからなくて怖かった。だから学校に行くのが嫌だったのよ。社会に出てからはもっとその壁は厚くて、仕事をするのも、職場に馴染むのもだいぶ苦労したわ……事故に遭ったのも、近づいてくる車の音にぶつかる寸前まで気がつかなかったから」

壮絶な過去も、すべて拭い去るように彼女は耳からそっと手を離します。

「病気を受け入れてからは、もう元の生活に戻ることは諦めていた。この障害と共に、どうやって生きていくかということしか考えていなかったのよ。でもね、アメリカへ行って、主人の働いていた最先端の医療センターで耳の治療を受けることができたの。そして私の世界に音が戻ってきた。耳が聞こえなくなってからは、言葉を発することもなくなったから、言語のリハビリも受けて、私は言葉も取り戻した。もう二度と戻ってこないと思っていたものを、彼は私に与えてくれた。本当に主人には心から感謝しているの」

彼女は慈愛に満ちた表情で頷きながら笑いました。

気がつけば時刻は十時を回って、シャルールの営業時間はとうに過ぎていました。

私が空いた皿を持って厨房に入ると、出来上がったタルト・タタンを城田さんが作業台の上に置きました。後ろでは半分寝かけている高橋くんが壁にもたれています。

「ありがとうございます。後片づけは私がやっておきますので、もう終わって大丈夫ですよ」

「悪いな」

城田さんはそう言うと、ふらふらする高橋くんの肩を思いっきり叩きました。驚いた高橋くんはびくっと背筋を伸ばします。

「お疲れ様でした」

私は小さく頭を下げると、タルト・タタンを持ってカウンターへ戻りました。

「タルト・タタンでございます」

彼女の前にそっとデザートを置きました。キャラメリゼにしたりんごとさくさくのタルト生地がよく合うフランス菓子です。

彼女は小さなデザートフォークでタルト・タタンを一口サイズに切りました。さくっというい い音を立てて、タルトがほろほろと崩れ落ちます。

口の中で、キャラメリゼしたりんごが甘く、そしてほろ苦く溶けていきます。それはまるで彼女の話と重なるようでした。

「治療を受ける前まではね、手話と筆談で話していたのよ。手話は小学生の時、耳が聞こえづらくなって、このままじゃいけないと思って覚えたの。そのころは、両親も一緒になって覚えてくれた。それから仲の良かったお友達も。それがとても励みになってね、私は明るさを取り戻せた。でも大人になってから、手話ができる人ってあまりいないでしょう？　だからどこへ行くにも常にペンとメモを持ち歩いていたわ。私の必需品だった。それから読唇術も勉強して、ゆっくり話してくれたら、相手の唇を読むことはできたの。だけど、自分の気持ちを伝えることは難しかったわ……

主人はね、手話が上手だったのよ。お医者様だったから、頭がよくてね。いろんな知識を持っていたの。病院の屋上で最初、彼は後ろから私に声をかけたらしいわ。でも聞こえない私を見て、すぐに肩に手を掛けて手話で話してくれた。それから彼も……彼も手話ができたの」

彼女は自分の左手を見つめながら、強く握りしめました。

「初めてレストランで会ったとき、トラブルがあったって言ったでしょう？　その時イヤリングをなくされたご婦人、とても大きな声で騒いでいたみたいでね。店中の人が振り返ってその様子を見ていたのに、私だけ気がつかずにメニューを見ていた。そんな私を見て彼は気がついたのよ。私は耳が聞こえないいんじゃないかって。駆け寄ってきたウエイターさんの言葉も、早くて口の動きが読み取れなかったの。だから彼は私を助けてくれた。そして目が合ったときに、〝大丈夫ですよ〟って、手話で話してくれたのよ」

彼女は私に〝大丈夫〟の手話を見せてくれました。

「きっとあの時、私が声を出して話せていたら、彼と親しくなることはなかったと思うわ。彼、意外とシャイでね、初めて会った女性に自分から話しかけるような人じゃないもの。私、彼の手話がとても好きだったの。大きくて優しい手で話す彼の手話は、まるで言葉が生きているようだった。耳で聞こえなくても、心には彼の声がちゃんと聞こえたわ」

そして彼女は、窓から差し込む長く伸びた月影を見つめて、自分自身に問いかけるように小さく呟きました。

「……今でも時々考えてしまうのよ。あのとき、違う未来を選んでいたら、今私はどうしていたのかしらって」

顔を上げた彼女は、私だけに素直な気持ちを述べてくださいました。

「こんなこと言ったら、死んだ主人には申し訳ないけど……私が生涯本当に愛したのは、彼だけだったと思うわ」

彼女の瞳は、外の月明かりにも負けない強くて美しい光を宿しました。

「本当はね、この話は誰にも話さないつもりだったのよ。主人にも、絶対に。死ぬまでずっと、私の胸の中だけに仕舞っておこうって決めていたの。だけど、なぜかしらね……ここへ来たら、ずっと塞いでいた心の栓が、すっと抜けるように、自然と口からこぼれてしまったわ」

目に涙を集めて、彼女は美しく私に微笑みます。

「自分さえ騙《だま》して、ずっと隠してきた本当の気持ちまで」

そっと左手を自分の胸に当てて、彼女は目を閉じました。

少なくなったタルト・タタンを見て、私は棚から珈琲豆をいくつか選び、豆を挽きはじめました。

珈琲の匂いが二人きりになった店内を包んでいきます。

「お待たせいたしました、珈琲でございます」

淹れたての珈琲を、彼女は手を伸ばし華奢《きゃしゃ》な腕で口元まで持ち上げます。

目を閉じたまま熱い珈琲を僅かに口に含むと、彼女は驚いたように一瞬で目を見開きました。

「この味……」

顔を上げて私を見つめます。

「……あなた……もしかして……」

信じられない様子の彼女は、途切れ途切れに言葉を発します。そんな彼女に私は優しく微笑んで言いました。

「……久しぶり、早苗《さなえ》さん」

小さく開いたままの口は、呼吸するのを忘れているようでした。搾《しぼ》り出した震える声で、早苗さんが呟きます。

「……芳幸くん……なの？」

まるで夢を見ているかのような彼女の問いかけに、私はしっかりと頷きました。

「うそ……どうして……」

彼女は、自ら語った思い出の男性が目の前に現れた現状を、まだ理解できないように首を小刻みに横に振ります。そんな早苗さんの姿を、私は愛おしく見つめました。

「……ずっとここで、君を待っていたなんて言ったら、笑われてしまうかな」

私は照れているのを隠すように笑いました。言葉を失った彼女は、大きな瞳に私を映したまま黙り込んでしまいました。

そして私も、この三十五年間、誰にも話したことのなかった本当の気持ちを言葉にしました。

「……君が事故に遭って、君から笑顔が失われたあの日から、僕はずっと君のために何ができるだろうと考えていたんだ。だけどあのときの僕はまだ若くて、自分の力ではどうすることもできなかった。君を励まそうと思ってかけていた現実味のない言葉も、すべて君を追いつめていたんだね」

今早苗さんの話を聞いて、初めて知った彼女の気持ちを、何も理解していなかった私は悔やみました。

「君が屋上で自殺をしようとしていたこと、看護師さんに聞いたんだ。君が人生の岐路に立って、悩んでいた一週間、僕は君がこの世からいなくなってしまうのではないかと思ってずっと怖かった。君を繋ぎ止めるにはどうしたらいいのだろう考えたとき、あのガラスのバラを思い出した。あのバラが、君に生きる力を与えてくれるんじゃないかと思ったんだ」

若くて、浅はかで無力なあのころの私にはそんなことしか思いつかなかったのです。ただ、ただ彼女を失いたくなくて。

「だから僕は、断られるのを承知で、ガラス工房に頼みに行った。もちろんすぐに断られたけど、僕は粘《ねば》った。ずっと頭を下げ続けて、どうかあのガラスのバラを僕に売ってくださいと懇願した。だけど店主は困った顔をして僕に言ったよ。すまないけど、あのバラはどうしても売ることはできないと」

あの日の出来事が、まるで昨日のことのように鮮明に記憶に残っています。あの日の気持ちまで、まったく薄れることなく私の心に蘇ってきます。震える手を、私は強く握りしめました。

「情けなかった。結局君のために何もできない自分の無力さに嫌気が差した。肩を落として病院に行ったら、もうそこには、君の姿はなかった。看護師さんに聞いても、違う病院に移ったとしか教えてくれなかった。君を探す術《すべ》もなく、僕は途方にくれたよ」

理由もわからず姿を消した彼女の病室で、一人立ち尽くした私の背中はどれほど小さかったのでしょうか。あのときの喪失感は、今でも色あせることなく心に刻まれています。

「もしかしたら、もう君は死んでしまったんじゃないかとずっと心のどこかで思っていた。でももし君が生きているのなら、疲れ果てた心と体を癒しに、土曜日の夜、温かい光を捜すんじゃないかと思ったんだ」

それはあの日から、一日たりとも彼女を忘れることができなかった私の、すべてを受け止めて辿り着いた、たった一つの答えでした。私が唯一彼女にしてあげられること。

私は早苗さんに笑いかけます。

「だとしたら僕は、君がいつ訪れたとしても、幸せにしてあげられる最高のレストランを作ろうと思った。そこで君を待つことを決めたんだ。どうしても君に伝えたいことがあったから」

あなたにもう一度会うためだけに、そしてその言葉を伝えるためだけに、シャルールはあったのです。だから私はずっと、晴れた日も雨の日も、雪が降る夜も、満月の美しい夜も、ここであなたを待っていました。

「……何？」

涙声で早苗さんが聞きました。私は学生だったころの自分を思い出し、恥ずかしくなって彼女から目を逸らしました。

「……君に会うまでの僕はね、ただなんとなく生きていたんだ。同じ毎日を繰り返して、目を閉じて開けば、また朝が来る。喜びも悲しみも何も感じない日常の中で、僕はただ呼吸をしていた」

いつだってそうでした。いつだって私は一人で、過ぎていく季節の中に立っていたのです。世界がいつ終わったとしても、私には関係がないなんて、そんなふうに思っていました。

「そんな僕が、君に出会って初めて生きることが楽しいと思えた」

私は強い想いで早苗さんを見つめました。

「モノクロだった僕の世界に、君が色をつけてくれた。君と過ごす何気ない日々が、すべて愛しく感じた。君がこの世界にいるだけで、僕は生きる意味を見つけたんだ」

私はあの日伝えられなかった言葉を、ずっと言いたかった言葉を彼女に伝えました。

「生まれてきてくれて、ありがとう」

彼女の目から、堪えきれなかった涙がこぼれ落ちていきます。

「この言葉を、どうしてあのときの君にかけてあげられなかったのだろうと、ずっと後悔していたんだ……」

彼女は両手で頬に伝う滴を拭き取りながら言いました。

「……もしあのとき、その言葉を聞いていたら……私はずっとあなたのそばにいたのかしら」

彼女の言葉に、私は考えました。その答えはきっと誰にもわかりません。過ぎた時間は、元に戻すことも、やり直すこともできないのですから。

「どうだろう。でも今は、これでよかったと思っているよ。あのときの僕には、君の望むことは何もしてあげられなかった。今の君の笑顔さえ、僕には取り戻せなかったと思う」

私は今感じている本当の気持ちを話しました。そして丸い磨硝子から月明かりが差し込むドアを見つめます。

「ずっと、どこかで生きていてほしいと願っていた。そしていつか、僕の灯すこの灯りが君の目に留まり、そのドアを開けてくれる日が来ることを夢見ていたんだ」

その日が、三十一年経った今、やってきたのです。愛しすぎるその人が目の前に現れるという奇跡が起こったのは、彼女だけではなく私もまったく同じでした。

「……ずいぶん待たせてしまったわね」

彼女の目に映る男性は、記憶の中の青年よりもだいぶ大人になったことでしょう。

「待ちくたびれて、こんなに年をとってしまったよ」

しかしその年月でさえ、愛おしくて涙が出そうになるのはなぜでしょうか。

「でも、待った甲斐《かい》があった。初めて君の声を聞くことができた」

その言葉に早苗さんも深く頷きます。

「そうね、私もよ」

早苗さんは、大きく息を吸って吐き出しました。そして満面の笑みを私に見せてくれました。

「今、やっとわかったわ。私が選んだ人生は、間違っていなかったことに」

私は頷きます。

「君には感謝しているんだ。君がいたから、シャルールは生まれた。そして僕は、ここで数えきれない人たちと出会って、その人たちの素晴らしい物語に立ち会うことができた」

私は店内を見渡し、三十一年間の出来事を振り返りました。ここを訪れたいろんな人たちの幸せそうな笑顔が浮かび上がります。

「すべて、君がいなければ生まれなかった物語だ」

早苗さんは嬉しそうに微笑みました。


眠りについた街の中で、満月だけが私たち二人を見ていました。

秒針はいつもと同じように動いているのに、時の流れる速さはいつもよりゆっくりと感じられて、その一秒、一秒が愛しさで溢れていくような、そんな感覚でした。

「君に渡したいものがあるんだ」

「……何?」

私はグラスの並んだ棚の奥から、手のひらにそれを包んで取り出しました。そして彼女の目の前に差し出し、かぶせていた手を放します。

「これ……」

目を奪われた彼女は息を呑みました。

そう、それはガラス工房に飾られていた真っ赤なガラスのバラです。

「工房が閉まる日に、もう一度、譲ってくれないかお願いしたんだ。もう顔馴染みだったからね。それに、三十年以上前に僕がお願いしに行ったことを覚えてくれていた」

ほんの一か月前、渋い顔をする店主に頭を下げ続けたことを思い出しました。

「店主が最後に〝君には負けたよ〟と言って譲ってくれた」

早苗さんはバラを手に取り、うっとりと見つめました。

「三十年たっても変わらず、美しいわ……」

彼女の瞳の中にも、真っ赤なバラが咲いていました。

「そうだね」

永遠に枯れることのないそのバラを見つめる横顔は、私の記憶の中にある彼女のままでした。

「……あの約束はまだ、生きているのかな」

早苗さんがバラから目を離し、私を見ました。

そしてあのときと同じように美しく微笑みます。

止まっていた私と彼女の時間が動きだす、優しい音が聞こえました。

あとがき

人の心が見えたらいいなと思う時があります。

たとえば、好きな人が自分をどう思っているか気になっている時とか、友人が自分に本当のことを隠している時とか。

でも実際、人の心は目に見えません。そしてその心の中にある〝想い〟も。

人が人を想う心は、時に涙が溢れそうになるほどあたたかいものです。

〝想い〟の中にはその人の考えているたくさんのことが詰まっています。でもそのすべてを読み取るのはとても難しいことです。だから私は、目に見えないのがもったいないなぁと思っていました。

このお話に出てくる人物たちは、誰の周りにもいるありふれた人々と、その〝想い〟をモデルにしています。家族、友達、恋人、他人、そして亡くなった人。目には見えないそれぞれの〝想い〟を、文章にのせて、目に触れることで伝えられたらいいなとこのお話を書きました。

この本を手に取ってくださったすべての皆様に感謝いたします。

どんなきっかけでも、この本が目にとまったことは私にとって奇跡です。

もともとこのお話は、一つの文学賞に応募した作品でした。評価していただきましたが、出版には至りませんでした。そしてそのまま、日の目を見ることなく眠り続けているはずのものでした。

しかしささやかなきっかけから、ある方がこのお話を拾い上げてくださいました。

私はこのお話を本にするべきか悩みました。でも一人でもこの本を読んでくださる人がいるのなら、その人のために素敵な本を作りたいと思いました。偶然にも、主人公がレストランをオープンした理由と同じですね。

そして今、この本が皆様の手の中にあります。この出会いに、心から喜びを感じています。

この本が、皆様の心に少しでもぬくもりを与えられたら幸いです。

二〇一六年　夏の終わりに　田家みゆき

著者プロフィール
田家 みゆき（たや みゆき）
1993年に新潟県で生まれ、岐阜県で育つ。
３級レストランサービス技能士、製菓衛生師の資格を持つ。
リンダパブリッシャーズ主催「第１回日本感動小説大賞」にて
佳作を受賞。

One Story Restaurant

2016年11月15日　初版第１刷発行
2016年11月20日　初版第２刷発行

著　者　田家 みゆき
発行者　瓜谷 綱延
発行所　株式会社文芸社
〒160-0022 東京都新宿区新宿1－10－1
電話 03-5369-3060（代表）
03-5369-2299（販売）

印刷所　株式会社フクイン

ISBN978-4-286-17589-8